जिंदगी बस तुमसे ही

पूर्णिमा पाराशर

Copyright © Purnima Parashar
All Rights Reserved.

क्रम-सूची

1

<u>आस्था-</u>

एक लड़की जो आमतौर पर हमेशा पैसों के हिसाब-किताब और जोड़-जुगाड़ में लगी रहती है, वो आज कुछ ज्यादा ही प्यार और परिवार के बारे में सोच रही थी।

शायद इसलिए कि आज मेरा जन्मदिन है और जिंदगी के इस तैतीसवें साल में प्रवेश करते हुए मुझे ऐसा एहसास हो रहा है कि जहाँ अधिकतर मेरी हमउम्र की लड़कियाँ अपने परिवार और बच्चों के साथ अपना जीवन सँजोने में व्यस्त रहती हैं, वहाँ मैं इनसब के विपरीत जिंदगी के कोलाहल के बीच चुनौतियों से जूझ रही हूँ।

'पर वैसे चुनौतियाँ किसके साथ नहीं होती.... बस उसका रूप और स्वभाव बदल जाता है।' — ऐसा मन में सोचते हुए बस की खिड़की से बाहर की ओर मैं देखने लगी। हर पल पीछे छूटते नज़ारों के साथ मेरा मन भी जैसे आज समय के पन्नों को पलट रहा था।

ऐसा नहीं कि मैं अपनी जिंदगी में बहुत दुखी थी....सच कहूँ तो ऐसा कोई कारण भी नहीं है कि मुझे दुखी होना चाहिए।

हाँ, कुछ कठोर निर्णय लिये थे मैंने पर मुझे अपने किसी भी निर्णय को लेकर कोई पछतावा नहीं क्योंकि वो सभी निर्णय समय की मांग थी।

अपनी बी. कॉम की पढ़ाई छोड़कर बैंगलोर आना इतना आसान नहीं था... पर वो निर्णय लिया मैंने ताकि मैं ये सुनिश्चित कर सकूँ कि मेरी माँ का इलाज अच्छे से हो सके, मेरे भाई-बहन अच्छे से पढ़ सकें और किसी काबिल बन सकें। और ये कहना गलत नहीं कि मेरे दोनों भाई -बहन ने मेरा इसमे पूरा साथ दिया... मेरा भाई राहुल इंजीनियरिंग के आखिरी साल में है और मेरी छोटी बहन पूजा बी. एड. की तैयारी कर रही है। एक-दो सालों में दोनों की पढ़ाई पूरी होते ही अच्छी नौकरी भी लग जायेगी । आखिरकार जिनके लिए मैं मेहनत कर रही हूँ अगर वो खुश हैं तो....और क्या चाहिए मुझे जिंदगी से?

मुझे आज भी याद है लगभग पंद्रह साल हो गए जयपुर से बैंगलोर आये हुए, अपने परिवार से दूर...अपनों के प्यार से दूर। नौकरी की तलाश में सैकड़ों किलोमीटर दूर एक अनजान शहर में आना सच में बहुत कठिन था मेरे लिए... पर कोई दूसरा रास्ता भी तो नहीं था। ग्यारहवीं में ही तो पढ़ती थी मैं जब पापा अपनी पत्नी और तीन बच्चों को इस दुनिया में अकेला छोड़कर चले गये। यूँ तो आर्थिक स्थिति हमारी पहले भी कोई अच्छी नहीं थीं पर उनके जाने के बाद हालात और भी बेकाबू हो गए। भाई-बहन बहुत छोटे थे जो उन परिस्थिति को समझ सकते। माँ ने सिलाई करके और मैंने ट्यूशन दे देकर जैसे- तैसे अपनी बिगड़ी स्थिति को संभाले रखा था। फिर कुछ समय बाद माँ भी बीमार रहने लगीं।

सुना बहुत बार था, कि परेशानी के बादल ज्यादा देर तक नहीं रहते...नई उम्मीदों से छंटने लगते हैं। पर, यदि उम्मीद दूर-दूर तक नज़र न आए तो ......?

पहले सोचती थी कि अपने माँ-बाप की पहली संतान होना एक वरदान है या एक अभिशाप है ?? ... क्योंकि जिम्मेदारियों का बोझ बहुत था कंधों पर।

माँ का ईलाज, छोटे भाई- बहन की परवरिश, उनकी पढ़ाई और उनका भविष्य सब कुछ अब मुझ पर ही टिका था.... कैसे मैं अपनी जिम्मेदारियों से मुँह मोड़ सकती थी ?

हालांकि, सपने बहुत बड़े-बड़े देखे थे मैंने क्योंकि अपनी क्लास की टॉपर थी.... सी. ए. बनना मेरा बहुत बड़ा सपना था। पर जिंदगी को जैसे कुछ और ही मंजूर था — माँ के बीमार होने के बाद दो वक्त के खाने का इंतजाम करना मुश्किल हो पा रहा था, इसलिए बारहवीं की बोर्ड परीक्षा देने के बाद मुझे अपनी आगे की पढ़ाई छोड़नी पड़ी। पापा के एक दोस्त ने मुझे बैंगलोर के किसी छोटी कंपनी में एक काम तो दिलवाया पर वहाँ पैसे इतने नहीं मिल पा रहे थे जिससे मैं जयपुर और बैंगलोर दोनों जगह का खर्च उठा सकूँ। एक-एक पैसा मेरे लिए और मेरे परिवार की खुशी के लिए बहुत कीमती था जिसके लिए मैं मशीन की तरह काम करने के लिए भी तैयार थी।

केवल बारहवीं पास लड़की के लिए एक अच्छी नौकरी मिलना इतना आसान नहीं था, इसलिए मैंने उस नौकरी के साथ-साथ रात में कॉल सेंटर में काम करना भी शुरू कर दिया, उससे थोड़ी मदद तो हुई पर उतनी नहीं कि बिना किसी चिंता के बसर कर सकूँ। पूरे महीने दिन-रात काम करने के बाद महीने के आखिर में मिलने वाले पैसों का बेसब्री से इंतजार रहता था ताकि जल्द से जल्द उन्हें घर भिजवा सकूँ।

बस जिंदगी समय की सूई की तरह बिना रुके चली जा रही थी।

'मैं भी पागल हूँ, आज कुछ ज्यादा ही भावुक हो रहीं हूँ।...' एक गहरी साँस के साथ सिर हिलाते हुए मैं अपने आप को वर्तमान में लेकर आयी। मोबाइल पर समय देखा तो पाया अभी भी दस मिनट थे मेरे स्टॉपेज आने में।

एक नया कॉन्ट्रैक्ट मुझे मिला था। एक नया घर, पर वही पुरानी

जिम्मेदारी।

मेरी एक दोस्त ने पाँच साल पहले मुझे एक कंपनी के बारे में बताया, 'द प्रेस्टीज सर्विसेज कंपनी '। ये सिर्फ बड़े- बड़े घरों और उच्च स्तरीय लोगों के घरों को उनकी गैर-मौजूदगी में साफ-सुथरा रखने, उसके रख-रखाव और मरम्मत की जिम्मेदारी लेती है और अपने कर्मचारियों को वेतन काफी अच्छा देती है — इतना कि मेरे पुराने दोनों शिफ्टों की नौकरी से भी ज्यादा। हाँ, लेकिन काम वही जिसे हम सामान्य भाषा में एक काम करने वाली नौकरानी के काम से मिला सकते हैं, बस अंतर यही है कि यहाँ उस काम को थोड़ा पेशेवर तरीके और ट्रेनिंग के साथ किया जाता है।

मेरे मन में एक बार को तो झिझक हुई कि क्या ये नौकरी मुझे करनी चाहिए या नहीं पर इससे मिलने वाले पैसों को देखते मैंने फिर दोबारा नहीं सोचा और इस नौकरी के लिए आवेदन कर ही दिया। जिस घर में केवल मैं ही एक कमाने वाली.... और वो भी जो केवल बारहवीं पास हो उसके पास इतने विकल्प मौजूद नहीं होते कि वो आराम से बैठकर, तसल्ली से चुनाव कर सके।

फिर मैंने ज्यादा नहीं सोचा और ये नौकरी अपना ली।

मुझे अच्छे से याद है जब पहली बार मैंने किसी अजनबी के घर में टॉयलेट सीट को साफ किया। बहुत रोई थी मैं उस दिन, सिसक-सिसक कर और न जाने कब -तक। कहाँ तो कभी मुझे सी.ए. बनना था और कहाँ अब......।

पर मैंने अपने आप को याद दिलाया कि ये जो भी मैं कर रही हूँ अपने भाई-बहन के भविष्य के लिए कर रहीं हूँ। वो भी तो बेचारे अपनी पढ़ाई के साथ-साथ माँ की देखभाल कर रहे हैं। तब मैंने अपने आँसू पौंछे। फिर एक वो दिन था और एक आज का दिन है, उसके बाद कभी मैंने अपनी

परिस्थिति पर आँसू नहीं बहाए और न ही इस नौकरी को लेकर कभी दोबारा सोचा। और इसी बीच इतने सालों बाद अपनी ग्रेजुएशन भी मैंने प्राइवेट जैसे-तैसे पूरी कर ली थी।

बस के रुकते ही मैं अपने विचारों की समाधि से बाहर निकली। मेरी मंजिल आ चुकी थी। जिस घर का इस बार मुझे काम मिला था वो काफी पौष इलाके में था। बड़े-बड़े नेताओं और व्यवसाइयों के घर यहाँ होने की वजह से सिक्योरिटी बहुत ज्यादा थी यहाँ पर। चेकिंग के बाद अपनी कंपनी का आई.डी. और जिस घर में मुझे जाना था उसका नंबर लिखवाने के बाद ही उन्होंने मुझे अंदर जाने दिया।

जहाँ मुझे जाना था वो एक डुप्लेक्स था और एक डॉक्टर का घर था जिसके आगे डॉ. ए. कश्यप के नाम की नेम प्लेट लगी थी। कुछ ही महीने पहले वो अमेरिका से यहाँ शिफ्ट हुए थे। कोमल जो कि हमारी कंपनी की रूट मैनेजर है- जिसका काम सबको उनके कॉन्ट्रैक्ट के बारे में जानकारी देना होता है , उसने मुझे इस घर की चाबी देते हुए यहाँ दोपहर दो बजे से काम शुरू करने को कहा था। इस घर का काम हफ्ते में केवल पाँच दिन ही करना था, तो मैंने साथ ही एक दूसरे घर का भी कॉन्ट्रैक्ट ले लिया ताकि इस महीने में कुछ और ज्यादा पैसे कमा सकूँ और घर भिजवा सकूँ।

'इससे राहुल की ट्रेनिंग के लिए पैसे भी इकट्ठे हो जायेंगे।'

ये सोचते ही एक बड़ी सी मुस्कान चेहरे पर आ गयी। मैंने अपने पर्स से घर की चाबी निकाली और ताला खोला। घर के अंदर बड़ा सन्नाटा सा था। सबसे पहले मैंने अपने बैग को पास में रखी लकड़ी की मेज पर रखा और घर की लाइट जलाई। फिर परदों को एक-एक कर खोलना शुरू किया जिससे कुछ प्राकृतिक रोशनी घर में आ सके। हालांकि अंदर दाखिल होते ही मुझे आभास हो गया था कि इस सुंदर पर एकांतवादी घर में डॉक्टर साहब — क्यूंकि डॉक्टर ए. कश्यप बोलना मुझे कुछ ज्यादा

ही अजीब लग रहा था — वे यहाँ अकेले ही रहते थे।

मैंने काम शुरू करने से पहले एक बार अच्छे से पूरे घर का मुआयना किया। ये एक चार कमरों का डुप्लेक्स था जिसमें दो कमरे ऊपर और दो नीचे थे और साथ में एक बड़ा हॉल था। नीचे कमरों में से एक थोड़ा छोटा कमरा था जिसे डॉक्टर साहब ने अपना ऑफिस बना रखा था। घर बहुत ही साफ और कीमती चीजों से सुसज्जित था पर फिर भी इसमें एक अलग सी सादगी थी जो बहुत कुछ इस घर के मालिक के बारे में बता रही थी। हैरानी ये भी थी कि पूरे घर में कहीं कोई फोटो फ्रेम ही नहीं था जो इस घर के मालिक को कोई चेहरा दे सके। जिस तरीके से यहाँ सबकुछ साफ और व्यवस्थित था तो ऐसा लग ही नहीं रहा था कि यहाँ कोई रहता है। पर जब तीन में से एक कमरे के बिस्तर में थोड़ी सलवटें देखी, फ्रिज में रखे कुछ खाने के सामान और ऑफिस में बिखरी फाइलों को देखा तो तब जाकर मुझे यकीन हुआ कि वास्तव में यहाँ कोई रहता है।

वैसे इस घर के रख-रखाव में ज्यादा समय नहीं लगने वाला था खासकर यदि मैं इसे नियमित तौर पर अच्छे से बनाए रखूं तो। साफ सफाई का यहाँ कुछ ज्यादा बड़ा काम नहीं था पर फिर भी मुझे इस कॉन्ट्रेक्ट के पैसे अच्छे मिल रहे थे क्योंकि डॉक्टर साहब ने हमारी कंपनी का प्रीमियम पैकेज लिया हुआ था जिसमें घर की सफाई के अलावा मुझे उनके लिए खाना भी बनाकर जाना था जो कि ज्यादा मुश्किल नहीं था मेरे लिए क्योंकि खाना तो मैं बहुत अच्छा बना ही लेती थी। सारा काम पहुँच में था मेरे तो मुझे ज्यादा परेशान होने की जरूरत नहीं थी।

बिना और वक़्त गवाएं मैं सीधे अपने काम पर लग गयी।

पहले कुछ दौरे मेरे बिना किसी घटना के अच्छे से निकल गए थे। मैं हमेशा की तरह अपने निर्धारित दिन पर समय से आती और अपना काम सारा पूरा करके चली जाती थी। सफाई का मेरा ज्यादातर वक़्त ऑफिस में ही लगता था जहाँ इसकी ज्यादा जरूरत रहती थी।

ऐसा लगता था कि डॉक्टर साहब, वे जब भी घर आते थे तो शायद अपना अधिकतर समय अपने कमरे के बजाय ऑफिस में ही बिताते थे । जब भी मैं आती थी तो ऑफिस में हमेशा उनकी मेज़ पर फाइलें, किताबें और कागज़ बिखरे मिला ही करते थे जिन्हें मैं कभी छूती नहीं थी। फाइलों के अलावा मेज़ पर कम से कम चार से पाँच कॉफ़ी के खाली कप ज़रूर मिलते थे जिनको मैं अच्छे से धो कर किचन में सजा कर रख देती थी। पेन तो ऑफिस में कहीं न कहीं हर कोने में अक्सर सफाई करते हुए मिल ही जाया करते थे, उन्हें इकट्ठा करके वापिस मैं उनकी मेज पर रखे पेन होल्डर में डाल देती थी। खाना बनाकर उसे फ्रिज में इस तरह रखती थी कि जब भी डॉक्टर साहब थके हारे घर आएं तो उन्हें खाना आसानी से नज़र आ जाये। डॉक्टर साहब को कॉफी पीने का बहुत शौक था इसलिए मैं हमेशा ध्यान रखती थी कि उनका कॉफी का जार हमेशा भरा रहे। शायद उनको भी मेरा काम पसंद आता था तो वो हमेशा अच्छी टिप किचेन काउंटर पर रखकर जाते थे। चीज़ें बिना किसी परेशानी के बहुत अच्छे से चल रही थी।

जब तक कि वो पहला नोट मुझे नही मिला था।

वो एक हल्के पीले रंग का छोटा चोकोर नोट था जो कि आफिस के कोने में रखे गमले पर चिपका हुआ था। ये गमला पहले डॉक्टर साहब की मेज के पास रखा रहता था जिसके कारण इसके अंदर कागज़ के छोटे- छोटे टुकड़े अक्सर अटक जाया करते थे। अभी हाल ही मैं मैंने इसे सरकाकर कोने में कर दिया था।

तुमने गमला क्यूँ हटाया ? — A

मेरी पहली वृति उत्तर देने की थी हालाँकि, समझदारी इसमें थी कि मैं इसका कोई जवाब न ही दूँ। लेकिन यह देखते हुए कि उन्होंने मुझे लिखने के लिये अपने कीमती समय से कुछ सेकण्डस का समय

निकाला, इसका मतलब ये कि वो सच में जानना चाहते थे।

उसके चारों ओर बहुत सारे मुड़े हुए कागज़ पड़े होते थे और कुछ उसमें अटक भी जाते थे। पेड़ मुरझाये नहीं इसलिये मैंने उसे कोने में कर दिया। — A (but for Astha)

वहाँ से निकलने के बाद मेरे दिमाग में आया कि कहीं वो नोट लिखकर गलती तो नहीं कर दी।

लेकिन अगले दिन एक और नोट था।

सही किया। गलती मेरी थी , मुझे इस चीज़ का पहले ही ध्यान रखना चाहिए था। — A (for Avinash)

मैं अब बड़े ही असमंजस में थी कि इसका जवाब लिखूँ या न लिखूँ। पर फिर सोचा कि ये आखिरी बार लिखने में कोई हर्ज़ नहीं।

गलती इंसानों से ही होती है। — आस्था

मुझे उम्मीद नहीं थी कि अब कोई जवाब आएगा। इसलिए मैं थोड़ी हैरान भी थी जब मैंने दोबारा से नोट पाया, पर इस बार वो नोट डॉक्टर साहब की मेज़ पर रखे उनकी नेम प्लेट पर चिपका था।

अच्छा है मेरे भगवान होने का भ्रम टूट गया। — अविनाश

ये पढ़कर एक हल्की सी मुस्कान मेरे होठों पर आ गयी थी।इस बार मैंने ज्यादा नहीं सोचा और उनकी मेज से फिर से एक पेन और एक पीली चिट उधार लेकर उनको एक नोट लिखा।

डॉक्टर लोगों की जिंदगी बचाते हैं तो वो भगवान से कम भी नहीं। पर ये भी आखिरकार नहीं भूलना चाहिए कि, हैं तो वो भी इंसान ही। — आस्था

और इस तरह इसकी शुरुआत हुई।

जो एक गमले हटाने के साधारण सवाल से शुरू होकर अब वो रोजमर्रा की जरूरत से जुड़े छोटे-छोटे सवालों तक जा पहुँची थी। पीले, चोकोर नोट अब हर रोज घर की नई-नई जगह चिपके मिला करते थे।

मेरी नीली शर्ट कहाँ है, मिल नहीं रही है। — अविनाश

मैंने धोकर, प्रेस करके आपकी अलमारी के नीचे वाले खन में रख दी थी। ऊपर वाला खन किताबों और फाइलों से पूरा भरा हुआ था। — आस्था

मेरी मेज पर बेबी कैक्टस क्या तुमने रखा ? बहुत ही बदसूरत है और लगता नहीं कुछ दिन ज्यादा रह पायेगा। — अविनाश

मैं उसका ध्यान रख रही हूँ तो वो लंबे समय तक रहेगा। या हो सकता है अब वो रहना न पसंद करे जब आपने उसे बदसूरत बोल दिया है। — आस्था

अब मैं उस कैक्टस से तो माफी नहीं माँगूँगा। और थोड़ी आत्म स्वीकृति भी जरुरी है वो उसे और मजबूत बनायेगा। — अविनाश

आखिर क्यूँ एक कैक्टस अपनी खुशहाल अज्ञानता में नहीं रह सकता ? मैं रसोई से संबंधित कुछ सामान लेकर आई थी। बिल वहीं काउंटर पर रखा है। — आस्था

क्यूंकि वो एक कैक्टस है और मुझे नहीं लगता कि वो हमारी तरह इतना सोचता होगा। बिल मुझे मिल गया है, थैंक्स। — अविनाश

अगले हफ्ते दिवाली है। सब लोग अपने घरों को सजाएँगे। अगर आपको

कुछ मँगवाना हो तो आप लिस्ट बना के दे देना। — आस्था

*दिवाली इतनी जल्दी आ गई। मुझे लगा कि अभी दो-चार हफ्ते और हैं।
— अविनाश*

*मुझे स्टोर में कुछ लड़ियाँ मिली, उन्हें सुलझाकर मैंने डाइनिंग टेबल पर
रख दी है। कुछ दिये और मोमबत्तियाँ मेरी तरफ से दिवाली का उपहार।
ये मैंने खुद बनाई हैं। — आस्था*

दिये और मोमबत्तियाँ बहुत सुंदर हैं। — अविनाश

*चॉकलेट के डिब्बे के लिये शुक्रिया पर उसकी जरूरत नहीं थी। 'शुभ
दीपावली' — आस्था*

ये इस तरह लगभग दो महीने तक चला। दो दर्जनों से ज्यादा नोट हम
दोनों ने एक दूसरे को लिखे। एक अलग तरह की समझ या फिर दोस्ती
हमारे बीच बन चुकी थी — जो बिल्कुल भी पेशेवर नहीं थी — और न ही
शायद मैं खुद को उन्हें लिखने या ये सब रोकने से मना पाई।

इसमें गलत ही क्या था?

हम दोनों अपने स्तर और हद दोनों से बखूबी वाकिफ थे पर फिर भी
हमने लिखना बंद नहीं किया क्योंकि शायद अपने-अपने व्यस्त जीवन
में हमें एक ताजगी की जरूरत थी।

हमारी ये अजीब तरह की दोस्ती किसी को नुकसान भी तो नहीं पहुँचा
रही थी। — पर शायद केवल तब तक... जब तक हम एक दूसरे से नहीं
मिले थे।

वो दिसंबर का महीना था। इस महीने में बारिश होना बिल्कुल भी आम

नहीं था पर आज दोपहर से बादल इस तरह गरज रहे थे मानो कोई बड़ा तूफान आने वाला था। मैं इंतज़ार कर रही थी कि कब ये बारिश रुके और कब मैं घर जाऊँ क्यूँकि अब शाम बहुत हो गई थी और अपने समय से ज्यादा रुकना मुझे ठीक भी नहीं लग रहा था। वैसे भी डॉक्टर साहब - यानि अविनाश जी का आने का समय भी हो रहा था और मैं उन्हें परेशान नहीं करना चाहती थी चाहे हमारे बीच दोस्ती का कोई भी रिश्ता हो लेकिन अपने मालिक और नौकर के रिश्ते को नजरअंदाज भी नहीं किया जा सकता था।

सोचा दस मिनट और रुककर देखती हूँ। अगर तब तक भी बारिश कम नहीं हुई तो मैं यहाँ से निकल जाऊँगी। ' पता नहीं अब बस मिलेगी भी या नहीं । ' ऐसा मन में सोच ही रही थी कि दरवाजा खुलने की आवाज़ आयी।

मुड़कर देखा तो जैसे मैं स्तब्द्ध सी रह गयी। एक पल को जैसे मेरी साँसे रुक सी गई थी पर दिल जोरों से धड़क रहा था।

और जो शख्स एक हाथ से अपने गीले बालों को झाड़ते हुए और दूसरे हाथ से अपने सफेद कोट और छोटा सूटकेस पकड़े अंदर आ रहा था वो भी मुझे देखकर चौंकते हुए वहीं रुक गया जैसे वो भी हैरान था। उसकी आँखें मुझे देखकर आश्चर्य से चौड़ गई थीं मानो उसके लिये भी यह किसी अचंभे से कम नहीं था।

हालांकि, अब वो सोलह-सतरह साल का लड़का नहीं रहा, वो अब परिपक्वता से पूर्ण एक सुगठित और बुद्धिमान इंसान बन चुका था, पर फिर भी उसको पहचानना इतना भी कठिन नहीं था।.... वही नैन-नक्श और वही एहसास ।

ऐसे तो इस दुनियाँ में कितने अविनाश होंगे पर मुझे अपनी आँखों पर विश्वास ही नहीं हो रहा था कि ये शख्स डॉक्टर अविनाश है। अगर मैंने

उसे वो नीली शर्ट पहने नहीं देखा होता तो मुझे जरा भी यकीन नहीं होता कि ये शख्स वही डॉक्टर अविनाश है जिनसे मैं इतने दिनों से नोट्स के जरिए बात कर रही थी। ये वही नीली शर्ट थी जो उन्हें न मिले तो वे परेशान हो जाते थे और जिसे मैं कई बार धोकर, प्रेस करकर उनकी अलमारी में रखती थी।

इतने सालों बाद इस शख्स से फिर से मिलना बहुत ही अविश्वसनीय था मेरे लिए। मानो समय का पहिया घूम रहा था और वापिस से मुझे मेरे अतीत से मिलवा रहा था।

क्या ये जिंदगी का एक मजाक था या कुछ और ? जो भी था पर समझ से परे था। मुझे इसकी बिल्कुल भी उम्मीद नहीं थी कि इतने सालों बाद मैं इस शख्स से फिर से मिलूँगी और वो भी अपनी इन परिस्थितियों में।

" तुम....!! " मेरी आवाज में एक अलग सा बल था, जैसे जो सच मेरे सामने था उसकी मुझे कभी भी कल्पना नहीं थी।

" आस्था ? " और उसकी आवाज़ में एक पहचान थी ।

2

<u>अविनाश-</u>

अगर कोई पहले मुझसे कहता कि मैं दिन में सपने देख रहा हूँ तो संभावित मैं उसपर हँस देता और अपने दोस्त वरुण का कार्ड निकालकर दे देता जो एक मनोचिकित्सक है।

ऐसा नहीं कि मेरे विचारों में उसका आना-जाना नहीं था — कितने सालों से और न जाने कब-कब। पर आज जब मैं उसे अपनी आँखों के सामने देख रहा हूँ तो जैसे मुझे यकीन नहीं हो रहा कि ये सच है या कोई सपना।

वही सादगी और मासूमियत से भरा उसका चेहरा जो इतने सालों के प्राकृतिक बदलाव के बावजूद आज भी वही मासूमियत लिए था और वही गहरी काली आँखें जिनसे मैं भलीभाँति परिचित था।

वो यहाँ हैं....मेरे घर में... और मेरे सामने।

मेरी आँखें तब हैरानी से और चौड़ गईं जब वास्तविकता से मेरा सामना हुआ। उसके हाथ में क्लीनिंग कंपनी का आई.डी. था और वो वही आस्था थी जो इतने दिनों से मेरे घर का ध्यान रख रही थी। वही आस्था जिसके नोट पढ़कर मेरी दिन भर की थकान दूर हो जाती थी।

मैं जैसे एक गहरी सोच में था और शायद मैं अपनी उसी सोच में ही

द्वंद करता रहता अगर उसने अपना पर्स संभाले हड़बड़ी में जाने को अपने कदम न बढ़ाये होते। उसको जाते देख मेरा दिल बेचैनी से दौड़ रहा था मानो छटपटाने लगा हो, ठीक उसी तरह जैसे एक मछली पानी के बिना छटपटाती है। इससे पहले वो मेरे बगल से निकल पाती मैंने उसका रास्ता रोक दिया। बहुत से सवाल थे मेरे अंदर जो अब जिज्ञासा से निकलकर चिंता में बदल रहे थे।

" आस्था, तुम... कैसे.....यहाँ.....ये सब..." न जाने क्यूँ मैं अपनो शब्दों को कोई रूप ही नहीं दे पा रहा था। और उसकी खामोशी मेरी बेचैनी को और बड़ा रही थी।

बिना कुछ कहे वो फिर से वहाँ से निकलने लगी तो मेरे सब्र का बाँध टूट गया। उसका हाथ पकड़ते हुए मैंने उसे रोका। " आस्था, तुम्हें नहीं पता इस वक्त बहुत से सवाल हैं मेरे अंदर और जिसका जवाब मुझे तुमसे चाहिए।"

बेसबर मैं उसकी आँखों में देख जैसे जवाबों को ढूंढ रहा था और वो हमेशा की तरह शीत आँखों से मुझे नज़रअंदाज़ कर रही थी। उसके रुखेपन की मुझे वैसे हमेशा से ही आदत थी पर इतने सालों बाद भी उसका ये वर्ताव मुझे कचौड रहा था।

" मुझे किसी भी बारे में कोई बात नहीं करनी तो अच्छा होगा तुम मुझे जाने दो।" उसने मेरा हाथ छुड़ाते हुए मुझसे कहा। मुझे पता था कि वो भी हैरान थी मुझसे यहाँ मिलकर पर उसके कड़े बोल मेरे दिल में बने बवंडर को और बड़ा रहे थे।

आखिर ऐसे कैसे मैं उसे जाने देता?.... अपने स्कूल के दिनों से मैं उसे जानता था। कितनी होनहार थी। किसी को भी उसके सुनहरे भविष्य को लेकर अंशमात्र भी संदेह नहीं था और आज वही लड़की एक क्लीनिंग कंपनी में काम कर रही है और लोगों के घरों को साफ कर रही है ?

क्यूँ....आखिर ऐसा क्या हुआ ..?? इनसब के जवाब मिले बिना मैं उसे नहीं जाने दे सकता था।

" नहीं।... मैं इसबार तुम्हें नहीं जाने दे सकता। मुझे जानना है आखिर तुम क्यूँ ये काम कर रही हो? "

पर वो शान्त रही।

उसकी खामोशी अब मुझसे बर्दाश्त नहीं हो रही थी।

एक गहरी साँस छोड़ते हुए आखिरकार उसने सर्द आँखों से मेरी ओर देखा। "ये मेरी जिंदगी है और इसमें मैं क्या करती हूँ और क्या नहीं, इसका फैसला सिर्फ मेरा है। तुम्हें बेकार परेशान होने की जरूरत नहीं।"

उसने अपने जज़्बातों को अपनी आँखों के परदों के पीछे बखूबी छिपा रखा था जिसमें वो हमेशा से माहिर थी। पर यही खूबी उसकी मेरी बेचैनी को पल-पल बढ़ाये जा रही थी।

" मुझे जानना ...." मैं बोल ही रहा था कि उसने मुझे बीच में ही टोकते हुए रोका।

" बारिश अब कम हो गई है। तुम्हारा खाना मैंने फ्रिज में रख दिया है गरम कर लेना। मैं आज ही कंपनी में बात करके तुम्हारे लिये दूसरी हेल्पर को लगवाती हूँ। अगर वहाँ से फोन आये तो तुम इसके लिये हामी भर देना।" मैं खड़ा आश्चर्य से उसे और उसकी बेरुखी को देख रहा था। इससे पहले मैं कुछ कहता उसने भांपते हुए मुझे फिर से रोका। " तुम्हें अगर थोड़ी भी परवाह है मेरी तो प्लीज़ मुझे अब जाने से न रोकना। " ये कहकर वो बिना एक सेकंड गवाएँ वहाँ से चली गयी और मैं बुत बना वहीं खड़ा रहा।

मेरे अंदर एक सैलाब सा उमड़ रहा था। हैरान था कि इतने सालों बाद भी मैं क्यूँ उसके आगे बेबस था ।

पर अब और नहीं। 'मैं चुपचाप बैठकर नहीं रह सकता। मुझे खुद ही सबकुछ अब पता लगाना होगा। ' ऐसा सोचते हुए मैं तुरंत अपने ऑफिस में गया। अपने कोट और बैग को फटाफट से कोने में डालते हुए फौरन अपनी पुरानी डायरी निकाली जिसमें सारे फोन नम्बर लिखे थे। उसमें से राजीव का नम्बर निकाला जो स्कूल में मेरे साथ ही पड़ता था और आस्था के घर के पास रहता था। अभी हाल ही में उसका फोन आया था अपने किसी रिश्तेदार की रिपोर्ट चेक कराने के लिये। आस्था का ख्याल मुझे तब भी आया पर राजीव से मैंने आस्था का जिक्र नहीं किया क्यूँकि मैं डर रहा था शायद इसलिये कि मुझे उम्मीद थी कि अबतक उसकी शादी हो गई होगी और उसकी खुशहाल जिंदगी के बारे में जानकर मैं अपने दिल को और ठेस नहीं पहुंचाना चाहता था।

राजीव का नम्बर मिलाते हुए मैं बस यही प्रार्थना कर रहा था कि वो जल्दी से फोन उठा ले और उसने उठाया भी।

" हाँ जी डॉक्टर साहब आज कैसे इस गरीब को याद किया? "

हालचाल पूछने का इस वक़्त मेरे अंदर न समय था और न ही सब्र। इसलिए सीधे मैंने उससे आस्था के बारे में पूछा।

" राजीव तुम आस्था और उसके परिवार के बारे में कुछ जानते हो? मेरे जयपुर से जाने के बाद उसकी जिंदगी में क्या हुआ ? मुझे सब जानना है। "

" क्या बात है अविनाश, सब ठीक तो है? "

कुछ भी तो ठीक नहीं है, ये आखिर मैं उससे कैसे कहता।

" हाँ, सब ठीक है। तुम बस मुझे बताओ। "

" ठीक है । इतना तो तुम जानते ही हो कि आस्था के पापा ने हॉस्पिटल में ही दम तोड़ दिया था। फिर उसके बाद उन लोगों पर जैसे मुश्किलों का पहाड़ टूट पड़ा। पता चला कि आस्था के पापा ने बहुत कर्जा ले रखा था जिसकी वजह से उनका जो हमारे पड़ोस वाला घर था वो नीलाम हो गया। फिर मेरे पापा ने उन्हें किराये पर घर दिलवाया। एक कमरे के मकान में बेचारी आस्था, उसकी माँ और उसके दोनों छोटे भाई-बहन रहते थे और अभी भी दूसरी जगह वो किराये पर ही रहते हैं वो लोग। तुम्हें तो पता ही था कि उसके पापा की छोटी सी दुकान थी, उनके मरने के बाद नीलामी में वो दुकान भी चली गयी। कमाई का कोई जरिया ही नहीं था। आस्था बेचारी ट्यूशन देकर और उसकी माँ सिलाई करके जैसे-तैसे अपने घर का खर्च उठा रहे थे। सच में अविनाश जितना हम आस्था को घमंडी समझते थे पर वो वैसी नहीं थी। इतनी होशियार और हमारी क्लास में अव्वल आने वाली लड़की उसने अपने भाई - बहन का भविष्य बनाने के लिए अपना भविष्य त्याग दिया। अपनी पढ़ाई को बीच में ही छोड़ दिया ताकि अपने परिवार का खर्च उठा सके। अब तो सुना है उसका भाई इंजीनियरिंग कर रहा है और बहन बी. एड.। वास्तव में अविनाश, जितना उस लड़की ने अपने परिवार के लिए त्याग और संघर्ष किया है वो आज के जमाने में शायद ही कहीं देखने को मिले। "

उसकी बातें सुन मैं चुप एक गंभीर सोच में डूब सा गया। कोई शब्द ही नहीं थे मेरे पास। कहाँ मैं ये सोचकर — कि वो किसी के साथ खुशहाल अपनी जिंदगी बसर कर रही होगी— न जाने कितनी रातें मैंने ये सोच-सोचकर अपनी गँवाई थी। पर उसके लिए कभी ऐसी जिंदगी की कल्पना भी नहीं की थी मैंने।

आस्था के संघर्ष को सुनकर मेरा गला भर आया था।

" हेलो ! अविनाश, तुम हो वहाँ ?"

" हम्म ....।" अपने भरे गले को थोड़ा साफ करते हुए मैंने अपना ध्यान फिर से फोन पर लगाया। " राजीव थैंक्स यार मुझे ये सब बताने के लिये। मैं बाद में बात करता हूँ तुमसे। " ऐसा कहकर मैंने तुरंत फोन रख दिया।

अब न दिल मेरा सुकून में था और न दिमाग।

मेरे उन सभी सवालों के जवाब तो मुझे मिल चुके थे लेकिन फिर भी मेरे मन में अशांति और बेबसी थी। और उस अशांति की वजह कोई और नहीं आस्था ही थी।

आस्था के लिखे वो सारे पीले नोट्स नीची वाली दराज से बाहर निकालकर उन्हें मेज की सतह पर रख कर, एक-एक कर उन्हें पढ़ने लगा। अब जाकर मुझे इसका एहसास हो रहा था कि क्यूँ मुझे उस आस्था के लिखे नोट्स को पढ़कर एक सुकून मिलता था जिसको मैंने कभी देखा तक नहीं था, क्योंकि मैं उस आस्था में अपनी आस्था को तलाशता था। मुझे हमेशा से पता था कि अगर कोई मेरे बेचैन दिल को सुकून दे सकता है तो वो सिर्फ आस्था ही है और कोई भी नहीं। पर फिर क्यूँ इस बार मैं उसकी आहट को पहचान नहीं पाया ?

ऐसा नहीं था कि इतने सालों में मैंने किसी और को जानने की कोशिश नहीं की। बहुत की... कभी खुद से तो कभी माँ-बाप के दबाब से। पर हर बार अपने दिल के हाथों मजबूर होता और किसी को भी अपने दिल तक पहुँचने नहीं देता। बस अपना काम...काम.. और काम को ही अपना सिद्धान्त बना लिया था। आखिर कैसे इस दिल में किसी और को जगह दे पाता जब वो दिल ही किसी और के लिए धड़कता था ? कभी नहीं सोचा था कि स्कूल के दिनों का वो एक तरफा प्यार मेरी जिंदगी का जैसे अमिट हिस्सा बन जायेगा जिसे खुद से दूर कर पाना नामुनकिन हो जायेगा।

मुझे आज भी याद है जब पहली बार मैं जयपुर आया था। और ये कहना गलत नहीं होगा कि उस वक़्त मैं बहुत ही गुमान से भरा और जिद्दी हुआ करता था। मम्मी-पापा दोनों पेशे से डॉक्टर थे और दिल्ली में रहते थे। अपने पेशे की जरूरत को ध्यान में रखते हुए उनका जीवन बहुत ही व्यस्त हो चुका था इसलिए उन्होंने मुझे दादा-दादी के पास जयपुर पढ़ने भेज दिया। वहाँ एक अच्छे स्कूल में मेरा आठवीं क्लास में दाखिला भी हो गया और अनगिनत दोस्त भी बन गए थे। हमेशा से मैं लोगों के ध्यान का केंद्रबिंदु रहा करता था। शायद मेरे पैसों की वजह से या एक नामी परिवार से होने की वजह से। अक्सर सभी लोग मुझे प्राथमिकता पर रखा करते थे और इसकी मुझे एक आदत सी हो चुकी थी।

जब क्लास के सभी लड़के और लड़कियाँ मेरे आगे पीछे घूमा करते थे, वहीं एक कोने में चुपचाप बैठी एक लड़की अपनी किताबों में खोई रहती थी। वो कोई और नहीं आस्था ही थी। स्कूल में शायद ही कोई उसकी दोस्त थी, हमेशा से वो बहुत ही रिज़र्व, अपनेआप में ही रहा करती थी। क्लास में सब लोग उसे घमंडी कहते थे क्यूँकि उसे पढ़ाई के अलावा किसी और चीज में दिलचस्पी ही नहीं थी। उसे मुझसे और न ही मेरी लोकप्रियता से कोई मतलब था। वो मुझे इस कदर नज़रअंदाज़ करती थी मानो उसके लिए मेरा कोई वजूद ही नहीं था। लेकिन मुझे ऐसी नजरअंदाजी की आदत नहीं थी। शायद यही कारण था कि मैं उससे बदला लेने की सोचने लगा और कोई भी मौका नहीं छोड़ता था उसे परेशान करने का।......वो साल ऐसे ही निकलता गया और फिर नई क्लास आई पर वही मेरी पुरानी हरकतें। हालांकि उसे अबतक मेरे वजूद का एहसास तो हो चुका था पर फिर भी वो मेरी बचकानी हरक़तों को बड़ी ही सरलता से हमेशा की तरह नज़रअंदाज़ कर देती थी। अब तो जैसे मेरे लिये वो चुनौती बन गयी थी, सबको दिखाना चाहता था कि चाहे कोई कितना भी घमंडी क्यूँ न हो, अविनाश कश्यप को कोई नज़रअंदाज़ नहीं कर सकता। मैंने अपने दोस्तों से शर्त लगाई और ठान लिया था कि अब तो आस्था से दोस्ती करके ही रहूँगा।

वो जिधर बैठती मैं उसके पीछे बैठता। वो जहाँ जाती चाहे लाइब्रेरी हो या असेंबली मैं उसके पीछे-पीछे ही रहता। क्लास में सब मेरी हरकतों पर हँसते क्यूँकि सबको पता था कि मैं जिस लड़की से दोस्ती करने की कोशिश कर रहा था वैसा हो पाना बिल्कुल नामुनकिन था। पर मैंने भी ठाना हुआ था, फिर चाहे लोग कितना भी हँसे मुझे परवाह नहीं थी। फिर एक दिन जो हुआ उसकी मुझे भी कल्पना नहीं थी। गणित की क्लास खत्म होते ही आस्था लाइब्रेरी के लिए चल दी, शायद कोई किताब लौटानी थी उसे और मैं हमेशा की तरह उसके पीछे-पीछे चल दिया। थोड़ा दूर जाने के बाद अचानक से वो रुक गई और मैं भी रुक गया। वो मेरी तरफ पीछे मुड़ी और बड़े ही झँझुलाहट में मुझसे कहा —" मेरा पीछा क्यूँ नहीं छोड़ते तुम ?"

शायद ये पहली बार था कि उसके चेहरे पर कोई भाव देखा मैंने और मुझे न जाने क्यूँ ये देखकर बहुत खुशी हो रही थी। मैंने भी मुस्कराते हुए कहा, " तुम दोस्ती कर लो मुझसे। मैं पीछा छोड़ दूँगा। "

" तुम्हारे पास इतने सारे दोस्त हैं तो सही, फिर क्यूँ मुझसे ही दोस्ती करनी है तुम्हें? " इस बार उसने अपने गुस्से पर काबू पाते हुए बोला।

" दोस्त तो बहुत हैं मेरे पास पर कोई भी तुम्हारे जितना होशियार नहीं। तुमसे दोस्ती करके मुझे पढ़ाई में मदद भी मिल जायेगी जिससे मुझे बहुत फायदा होगा और तुम्हें भी। "

वो हैरानी से मुझे देखने लगी। " तुम दोस्ती कर रहे हो या कोई सौदा ? और माना कि तुम्हें मुझसे दोस्ती करके पढ़ाई में फायदा होगा पर मुझे तुमसे क्या फायदा होगा ?"

मैं हक्का-बक्का रह गया। मेरे चेहरे से सब हँसी गायब हो गई।

ये पहली बार था जब किसी ने मुझे बेउत्तर कर दिया हो। मैं ये भी नहीं कह

सकता था कि उसे भी मुझसे पढ़ाई में थोड़ी मदद मिल जाएगी क्योंकि वो खुद में ही इतनी काबिल थी जो ये कहकर मैं अपनी बेइज़्ज़ती नहीं कराना चाहता था। मैं ये भी जानता था कि आस्था को लोकप्रियता पाने का कोई शौक नहीं था क्योंकि वो जैसी थी उसमें ही खुश थी और न ही उसे मेरे पैसों से कोई मतलब था। फिर मैं उसे क्या दे सकता था? मैं सोच में पड़ गया। आज जैसे पहली बार मुझे अपने आप पर शर्मिंदगी हो रही थी कि अपनी लोकप्रियता और पैसों के अलावा क्या कोई और खूबी नहीं थी मुझमें ??

वाकई ये लड़की कोई आम लड़की नहीं थी। एक पल में ही इसने मुझे आईने के सामने लाकर खड़ा कर दिया और अपने आप से ही सवाल करने पर मजबूर कर दिया।

" तुम्हें.....तुम्हें........ " मैं न जाने सोच के पिटारे में क्या ढूँढ़ रहा था कि शब्द मुँह से बाहर ही नहीं निकल रहे थे।

एक गहरी साँस छोड़ते हुए उसने मेरी बचकानी कोशिश पर सिर हिलाया । " जब तुम्हें इसका जवाब मिल जाये तब आना मेरे पास। " ये कहकर वो मुझे सोच में डूबा वहाँ से चली गयी।

अब तो मानो मेरा किसी भी चीज में मन ही नहीं लग रहा था। घर आकर भी मैं बस यही सोचता रहा। जितनी भी अकड़ और गुमान था मेरा उस आस्था के सामने सब धरा का धरा रह गया। ऐसा लग रहा था कि दौड़ शुरू होने से पहले ही मैं हार गया था। दो दिन तक मैं उससे दूर रहा। मेरा भी अभिमान था, जबतक मेरे पास उसके सवाल का कोई जवाब नहीं होगा तब तक मैं उसके पास नहीं जाऊंगा। दो दिन बाद जब साइंस के सर ने मुझे और आस्था को सबकी प्रैक्टिकल की फ़ाइलों को इकठ्ठी करके स्टाफ रूम में भिजवाने को कहा तब मुझे मेरे जवाब देने का मौका मिला। मैंने उससे कहा, " याद है तुमने उस दिन पूछा था ना कि तुम्हें मुझसे दोस्ती करके क्या मिलेगा।...... तो मेरा जवाब है कि तुम्हें एक

सच्चा दोस्त मिलेगा आस्था। मेरे पास बहुत दोस्त हैं पर तुम्हारे पास कोई नहीं। मैं वादा करता हूँ तुम्हारा साथ मैं कभी नहीं छोड़ूँगा।"

ये सुनकर वो अचानक से रुक गई और एक टक मानो मुझे देखने लगी, न जाने क्या सोच रही थी?.... मैंने उसके आगे दोस्ती के लिए हाथ बड़ाया तो पहले तो वो थोड़ा झिझकी पर फिर उसने एक धीमी मुस्कान के साथ मुझसे हाथ मिला लिया। और इस तरह हमारी दोस्ती की शुरुआत हुई।

पहले आस्था से दोस्ती करना मेरे लिए एक चुनौती थी, पर अब वो मेरी जरूरत में बदल गई थी। अगर मैं पहले ही हार मान लेता तो आज शायद आस्था जैसी एक अच्छी इंसान से कभी नहीं मिल पाता। अब जाकर मैं उसे समझने लगा था कि क्यूँ वो सबसे अलग रहा करती थी? उसके अंदर एक असुरक्षा का भाव था। एक ऐसा स्कूल जहाँ सब अच्छे और धनी परिवार के बच्चे पढ़ने आते थे, वो एक निचले मध्यम परिवार से आती थी। उसके माँ-बाप ने बहुत जुगाड़ करके उसका दाखिला यहाँ कराया था। वो यह सोचती थी कि केवल पढ़ाई ही एक मात्र वो चीज थी जिसमें वो हम सब की बराबरी कर सकती थी और जिसके लिये वो दिन-रात मेहनत करती थी। पहले मैं न जाने किस गुमान के आसमान में रहता था लेकिन आस्था के साथ ने मुझे जमीन से जुड़ना सिखाया। वो साल भी यूँ ही बीत गया और अब हम जवानी की दहलीज पर कदम रख रहे थे। आस्था से दोस्ती अब मेरे लिए कुछ और रूप लेती जा रही थी। जब कभी वो स्कूल नहीं आती तो मुझे अपनी जिंदगी नीरस लगती और उसके आस-पास रहने से मुझे सुकून मिलता।

पर जिस दोस्ती की नींव झूठ पर रखी गई थी वो दोस्ती कब तक टिक पाती? मेरा आस्था के साथ मिलना-जुलना अब मेरे उन दोस्तों को रास नहीं आ रहा था जो हमेशा मेरे पैसे के पीछे भागते थे। उन्होंने न जाने कब आस्था को मेरी साल भर पहले की हुई बचकानी शर्त के बारे में बता दिया। हाँ, पहले आस्था मेरे लिए चुनौती थी जिसको जीतने का जुनून सवार था पर अब वो मेरे लिए बहुत खास थी जिसे खोना बर्दाश्त नहीं था।

लेकिन उस शर्त के बारे में जानकर आस्था ने जैसे फिर से अपने आप को एक सीप में बंद कर लिया था। मैं जानता था कि वो यह जानकर कितनी आहत हुई होगी। उसका तो मानो दोस्ती से अब विश्वास ही उठ गया था। मैं उसको बताना चाहता था कि चाहे उससे दोस्ती करने का इरादा मेरा अपने अहम को जिताना था पर उससे किया हुआ दोस्ती का हर एक वादा मेरा सच्चा था।.......पर अब वो मुझसे बात क्या मेरी शक्ल भी देखना पसंद नहीं करती थी। कई बार कोशिश की पर वो हमेशा की तरह मुझे नज़रअंदाज़ करने लगी थी। जब-जब मैं उससे बात करता उसकी बेरूखी उतनी ही बड़ जाती। इसलिए अब मैं उसे दूर से ही देखकर अपने दिल को तसल्ली देता था।

ग्यारहवीं में आकर हमारी क्लास भी अलग-अलग हो गई। उसने कॉमर्स ली और मैंने साइंस। पर फिर भी मेरी नज़रें स्कूल के परिसर में सिर्फ उसी को ढूंढ़ती रहती और वो जब दिख जाती तो दिल को तसल्ली मिलती। न जाने क्या जादू किया था उसने मुझ पर? मेरा एक तरफा प्यार दीवानगी की न जाने कौन सी सीढ़ी चढ़े जा रहा था। मेरे सब्र का बांध तब टूटा जब मुझे पता चला कि कुछ दिन पहले उसके पापा का देहांत हो गया जिसका असर इस कदर था कि जब भी मैं उसे देखता वो मुरझाई उदास नज़र आती थी। उसकी उदासी मुझे बहुत परेशान करने लगी थी। उससे बात करने जाता तो वो मुझसे बात ही नहीं करती थी। अंदर ही अंदर मैं भी घुटता जा रहा था। बस अब बहुत सहन कर चुका था उसकी नाराज़गी। अपनी गलती की सजा भी भुगत चुका था पर अब और नहीं। मैंने ठान लिया था कि अब हर हाल में अपने प्यार का इज़हार मैं करके रहूँगा। पर जिस तरह से उसने मेरे प्यार को नकार दिया था उसकी मुझे उम्मीद नहीं थी। बहुत बेरहम थी वो। वो चाहती थी की मैं उसे अकेला छोड़ दूँ, उससे कहीं दूर चला जाऊं तभी उसे खुशी मिलेगी। नफरत करने लगी थी वो मुझसे। वो मुझ जैसे इंसान से प्यार क्या दोस्ती तक का रिश्ता नहीं रखना चाहती थी।

उसकी बेरूखी मेरे दिल को बहुत घायल कर चुकी थी इसलिए गुस्से

में आकर मैंने वो शहर ही छोड़ने का फैसला कर लिया और फिर कभी मुड़कर नहीं देखा। अपने अहम पर कितनी चोट सहन कर सकता था मैं? सोचा कि एक लड़की में इतनी ताकत नहीं जो मेरे दिल को बांध सके और मुझे बेबस कर सके। न जाने कितनी अनगिनत कोशिश की अपने प्यार को नफरत का रूप देने की। अपनी जिंदगी में आगे बढ़ा। मेडिकल की पढ़ाई करके डॉक्टरी की डिग्री हासिल की। देश-विदेश हर जगह काम किया। दौलत- शोहरत- नाम सब कमाया — पर उसको कभी नहीं भुला पाया।

आस्था का नाम जैसे मेरी साँसों में छप चुका था। उसको भूलना मतलब अपनी साँसों को रोकना। नफरत तो बहुत दूर की बात थी उसे अपनी यादों से भी कभी जुदा न कर पाया।

और आज जब उसी आस्था को अपनी परिस्थिति में संघर्षों से जूझता देखता हूँ तो मेरा दिल दर्द से कराह उठता है।

गरजते बादलों ने मुझे आस्था की यादों से बाहर निकालकर फिर से वर्तमान में लाया।

उन पीले नोट्स से नज़रें उठाकर मैंने सामने रखे बेबी कैक्टस को देखा जो अब पहले से थोड़ा बड़ा हो चुका था। आस्था ने लिखा था कि वो इसका ध्यान रखेगी और वो देखेगी कि ये लंबी जिंदगी देखे और आज ये उसकी बदौलत एक स्वस्थ जिंदगी देख भी रहा था। उसको देखकर एक हल्की मुस्कान मेरे चेहरे पर आ गई।.... मुझे समझ आ चुका था कि मुझे अब क्या करना है।

फोन उठाकर सबसे पहले मैंने उसकी क्लीनिंग कंपनी में कॉल किया। आस्था के पिछले और अबके सारे कॉन्ट्रैक्ट रद्द कराकर उसको सिर्फ मेरे घर के लिए ही काम करने का नया कॉन्ट्रैक्ट बनवाया और उसके उन सभी कॉन्ट्रैक्ट्स के पैसों को भी अपने ही कॉन्ट्रैक्ट में जुड़वाया।

मुझे पता था आस्था एक स्वाभिमानी लड़की है और मुफ्त में मिली कोई भी चीज हो या पैसा वो कभी नहीं अपनाएगी। और न ही मैं उसके आत्मसम्मान को गिरने देना चाहता था....... और न ही उसे अब अपनी आँखों से दूर होने देना चाहता था। इसलिए हर कदम को इसबार मैं आहिस्ता- आहिस्ता उसकी ओर बढ़ाना चाहता था जब तक वो खुद फिरसे मुझपर विश्वास न करने लगे।

मैंने खुद से वादा किया, ' जितना संघर्ष आस्था ने करना था उतना कर लिया पर अब और नहीं। वो अब उस हर खुशी की हकदार है जो उसे मिलनी चाहिए। '

3

<u>आस्था-</u>

जिन्दगी न जाने कब दो राहे पे लाकर खड़ा कर दे कोई नहीं जानता।

अचानक से उसे वहाँ देखकर दिल को मानो एक धक्का सा लगा। समझ नहीं आ रहा था कि इस सच्चाई का सामना कैसे करूँ? शायद यही वजह थी कि जल्द से जल्द मैं उधर से निकल जाना चाहती थी। अपने विचारों को फिर से एक सीध में लाना चाहती थी ताकि अपने आप को डगमगाने से रोक सकूँ।

भीगते हुए जब मैं अपने एक कमरे वाले छोटे से किराये के फ्लैट में वापिस लौटी तो मन एक अलग ही उलझन से घिरा हुआ था। इतने सालों में मुझे जरा सी भी उम्मीद नहीं थी कि मैं उससे फिर से मिलूँगी। जिंदगी की भागदौड़ में न समय था और न एक पल शांति जो उन बीती यादों के बारे में सोच सकूँ। पर आज वो किसी याद में छिपा हुआ नहीं बल्कि सच बनकर फिरसे मेरे सामने आ खड़ा था और वो भी अप्रत्याशित रूप में।

नहा कर आने के बाद अपने गीले बालों को तौलिये से पौंछते हुए जैसे एक सोच में डूब गई।

न जाने अब कितने साल बीत गए थे उन बातों को। पहली बार अपनी असुरक्षा की दीवारों को नीचा करके किसी को मौका दिया था कि वो मुझे

जान सके, समझ सके। और ऐसा पहली बार ही था कि किसी ने मेरे दिल को छुआ। धीरे-धीरे वो अटपटी दोस्ती का रिश्ता न जाने कब दोस्ती से बढ़कर कुछ और लगने लगा पता भी नहीं चला। पर उस दोस्ती में मिले धोखे ने मेरा उसपर से विश्वास ही तोड़ दिया था और फिर घर में एक के बाद एक आती मुसीबतें ....एक चिड़चिड़ाहट सी हो गई थी अपने आप से और शायद सबसे। संभावित यही वजह थी कि तब मैं अविनाश को कभी माफ नहीं कर पाई थी। पर अब मैं उन बातों को सोचती हूँ तो अविनाश के लिये कोई कड़वाहट महसूस नहीं होती। शायद मेरा दिल उसे बहुत पहले ही माफ कर चुका था बस मुझे इसका एहसास नहीं था।

' खैर अब इन बातों का कोई फायदा नहीं। समय बदल चुका है, परिस्थितियाँ भी....और लोग भी। '

वो आज एक सफल डॉक्टर है और मैं......

एक लंबी साँस छोड़ते हुए उन यादों से बाहर निकलकर अपने बालों को झाड़ते हुए तौलिये को एक कोने में सूखने को डाल दिया। सोचा कि कंपनी में फोन करके बात करती हूँ यदि मेरी शिफ्ट अविनाश के घर की कोई और कर सके तो सबके लिए ठीक होगा। मैं नहीं चाहती थी कि अविनाश मेरे वहाँ काम करने की वजह से किसी भी तरह असहज महसूस करे क्यूँकि हैरान तो वो भी था और शायद किसी वजह से परेशान भी मुझे वहाँ काम करते देखकर। सवाल तो होंगे उसके पर आखिर मैं कहती भी क्या उससे ?... कंपनी में फोन करते ही पता चला कि मेरे पुराने सारे कॉन्ट्रैक्ट किसी और को जा चुके थे और अब मेरे लिए केवल अविनाश के घर का ही कॉन्ट्रैक्ट था। उन्होंने बताया कि क्लाइंट यानि अविनाश ने अपना कॉन्ट्रैक्ट आज ही बदलवाया है। अब मुझे वहाँ पाँच दिन की जगह सातों दिन काम करना था और मेरे शिफ्ट का समय भी बड़ चुका था पर राहत ये थी कि मुझे मिलने वाले पैसों में कोई कमी नहीं हुई थी। बहुत हैरान थी मैं कि अचानक से इतनी जल्दी कैसे कंपनी वालों ने बिन बताए इतना बदलाव कर दिया लेकिन कॉन्ट्रैक्ट के मामलों में

बीच में बोलने का अधिकार हमारा नहीं होता था तो मैं कुछ कर भी नहीं सकती थी।

पर कहीं न कहीं मुझे ऐसा लग गया था कि इन सब के पीछे अविनाश ही है।

समझ नहीं आ रहा था कि इतने सालों में क्या उसमें जरा भी बदलाव नहीं आया? आखिर क्या चाहता है अब वो ? क्या वो अभी भी अपने पैसों के गुमान में डूबा हुआ वही जिद्दी लड़का था या मैं बिन वजह कुछ ज्यादा ही सोच रही थी। सब समझ से परे था मेरे इसलिए मैंने अपनी सोच पर विराम लगाया और घर पर माँ से बात करके सोने का फैसला किया। आने वाले कल को मैंने अब सब जिंदगी के फैसले पर छोड़ दिया।

सुबह हो चुकी थी और अब मुझे दोपहर की जगह सुबह नौ बजे से ही काम पर जाना था। नहा धोकर जल्दी से नाश्ता करके मैं अविनाश के घर के लिये चल दी।

अविनाश को वहाँ मेरा इंतजार करते देख एक पल को मुझे आश्चर्य हुआ पर ये कोई नई बात नहीं थी। इतना तो जानती थी मैं उसे कि यदि वो कुछ ठान ले तो उसका पीछा नहीं छोड़ता। मैं जानती थी बहुत सवाल होंगे उसके मन में और अब उसे नज़रअंदाज करना आसान नहीं था।हाँ, इतने सालों बाद उससे बात करने में थोड़ी झिझक तो हो रही थी पर आखिर कब-तक भाग सकती थी जब काम मुझे यहीं करना था। पर अब तैयार थी मैं उसका सामना करने के लिए और शायद जवाब देने के लिए भी।

" कॉफ़ी.... ? " अपने पर्स को कोने में रखी मेज पर रखते हुए मैंने उससे पूछा।

पर शायद वो तैयार नहीं था मेरी इस प्रतिक्रिया के लिए। उसके चेहरे को

देखकर लग रहा था कि उसे मेरी बेरूखी और नाराजगी की उम्मीद थी पर इसकी नहीं। और इस सोच के लिए मैं उसको भी दोष नहीं दे सकती थी क्योंकि कल शायद मेरा यही बर्ताव था और शायद सालों पहले भी जब उसने मेरा विश्वास तोड़ा था। लेकिन अब हालात अलग थे।

पर जल्द ही उसने अपने आपको संभाला और सिर हिलाते हुए कहा, " हाँ, क्यूँ नहीं। लेकिन दो कप बनाना, एक अपने लिए भी। मैं ऑफिस में तुम्हारा इंतजार कर रहा हूँ। "

उसके शब्दों में एक संदेश था जैसे बहुत सी बातें जाननी और कहनी थी उसे।

दो कप कॉफ़ी लेकर मैं उसके ऑफिस के अंदर गयी। वो अपनी कुर्सी पर बैठा मेरा इंतजार कर रहा था। मेज की दूसरी तरफ बैठते हुए एक कॉफी का कप मैंने उसकी ओर बढ़ाया। उसकी निगाहें इस पूरे वक्त मुझ पर ही टिकी थीं, न जाने क्या सोच रहीं थीं। एक अजीब सी खामोशी छा गयी थी हमारे बीच जिसको तोड़ने के इन्तजार में शायद हम दोनों अपने-अपने कपों को संभाले बैठे हुए थे।

" मैं सब जान चुका हूँ । " आखिरकार अविनाश ने ही पहल करके इस खामोशी को तोड़ा और मुझे देखते हुए कहा।

मैं समझ चुकी थी वो किस बारे में बात कर रहा था।

" राजीव ...? " मैंने अपने संदेह की पुष्टि के लिये उससे पूछा क्यूँकि राजीव ही एक मात्र इंसान था जो अविनाश को ये सब बता सकता था।

अविनाश ने भी हामी में सिर हिलाया। " उससे कल ही मेरी बात हुई। मैं जानता हूँ तुम किन परिस्थितियों से गुजरी हो और शायद मैं तुम्हारे उन संघर्षों को ...."

" मुझे तुमसे कोई सहानुभूति और दया नहीं चाहिए। मैं यहाँ अपनी मर्जी से काम कर रही हूँ, अपने परिवार के लिए पैसे कमा रही हूँ अपनी मेहनत से ।" मैंने उसे टोकते हुए बीच में ही रोका क्योंकि मैं उससे हमदर्दी बिल्कुल नहीं चाहती थी।

लेकिन ये बात शायद उसको चुभ गई। उसके चेहरे पर आए गुस्से को बहुत समय बाद मैं देख रही थी।

" मैं कोई दया या सहानुभूति नहीं दिखा रहा तुम्हें।" उसने गुस्से में आकर कहा। " हो सकता है मैं तुम्हारे संघर्षों को उतना नहीं समझ सकता जितना तुमने उसे जिया है पर ये यकीन से कह सकता हूँ कि तुमने बखूबी उसका सामना किया है जो मैं आज अपने सामने देख सकता हूँ।" उसने आगे कहा, " मैं जानता हूँ तुम कितनी स्वाभिमानी हो इसलिए तुम्हारे काम पर टिप्पणी करने का अधिकार मेरा नहीं है। तुम्हारे यहाँ काम करने से मुझे कोई परेशानी नहीं, हाँ पर पहले से ज्यादा अब कुछ जरूरतें मेरी बढ़ गयी है जिसका ख्याल तुम्हें नए कॉन्ट्रैक्ट के हिसाब से रखना होगा। "

मैं देख सकती थी कि अब वो बेफिक्र, गुमान से भरा अविनाश नहीं था मेरे सामने जो ये सब बातें मुझसे कर रहा था बल्कि संजीदगी से भरा एक परिपक्व इंसान था। शायद मैं समझ चुकी थी कि वो सच में मुझसे हमदर्दी नहीं दिखा रहा था वो बस ईमानदारी से अपनी बात रख रहा था। पर जब उसने नए कॉन्ट्रैक्ट की शर्तों का जिक्र किया तो मेरा ध्यान उनपर गया।

" कैसी जरूरतें ? " थोड़ा संशय में आते हुए मैंने उससे पूछा।

कॉफी का एक घूँट पीते हुए उसने अपना कप नीचे रखा और उसने कहा, " तुम्हें कल से सुबह आठ बजे तक यहाँ आना होगा क्यूँकि मुझे नौ बजे

तक नाश्ता चाहिये होता है। रोज दस बजे मैं होस्पिटल के लिए निकलता हूँ। और शाम को मेरा खाना जो अबतक तुम वैसे भी बनाती आयी हो वो मेरे आने के बाद ही तैयार करना होगा। अब से इस घर की हर छोटी-बड़ी चीज का ध्यान तुम्हें ही रखना है। " एक और घूँट कॉफ़ी का लेते हुए फिरसे उसने कहा, " और हाँ, तुम्हें सुबह का नाश्ता और शाम का खाना मेरे साथ ही करना होगा क्यूँकि तुम्हारे पास इतना समय नहीं होगा कि तुम आने से पहले और यहाँ से जाने के बाद बना पाओ।"

वह अपनी बात को खत्म कर चुका था और अब मैं बस उसे हैरानी से देख रही थी। उसके हिसाब से मुझे अपना पूरा दिन यहीं बिताना था। मुझे वो बिल्कुल समझ नहीं आ रहा था। मैंने उससे हैरानी से पूछा, " जब मेरा काम यहाँ जल्दी खत्म हो जाएगा तो मैं पूरी दोपहर इस घर में अकेले क्या करूँगी ?"

" तुम कुछ भी कर सकती हो। तुम्हें हस्तशिल्प में रूचि है ना.... तुम यहाँ वो कर सकती हो। ऊपर मेरे बैडरूम के बगल वाला कमरा बिल्कुल खाली है, तुम अगर चाहो तो उसका प्रयोग कर सकती हो। अपना वर्कशॉप बना सकती हो उसे तुम हो सकता है भविष्य में ये रूचि तुम्हारे काम आ जाये। " उसने बड़ी ही सरलता से सुझाव दिया जैसे कि वो पहले से ही ये सब सोच चुका हो।

अविनाश की मेरी हस्तशिल्प में रूचि के बारे में जानकर मैं हैरत में थी। हाँ कुछ चीजें उसे मैंने उपहार के रूप में बनाकर दी थीं दीवाली पर और उसके बाद भी जब हम एक दूसरे से अपरिचित थे, पर तब भी मुझे इसका अंदेशा नहीं था कि इतनी छोटी चीजों को अविनाश ने गौर किया हुआ था। इसमें कोई भी शक नहीं था कि अपने हाथों से नई-नई तरह की कलाकृतियाँ और चीजें बनाना मुझे पसंद था पर खुद के लिए कभी समय ही नहीं था मेरे पास जो अपनी रूचि को मैं और जान सकूँ या उसे निखार सकूँ।

और आज जैसे अविनाश अनजाने में ही सही मुझे मेरी खुद से ही पहचान कराने का मौका दे रहा था।

" ये तो बस मेरा सुझाव है। तुम अपने खाली समय में जो करना चाहो वो कर सकती हो उसका निर्णय तुम्हारा है। पर जो कॉन्ट्रेक्ट की नई शर्तें अब जुड़ी हैं वो मैंने तुम्हें बता दी हैं।" उसने अपनी कलाई पर बँधी घड़ी पर समय देखा और कहा, ' अभी तो मुझे हॉस्पिटल के लिए निकलना होगा। तुम्हें किसी भी चीज की जरूरत हो तो ये मेरा नंबर है, किसी भी वक्त तुम कॉल कर सकती हो।.....ठीक है तो फिर शाम को मिलते हैं। ' उसने अपना कार्ड मुझे पकड़ाते हुए कहा। मेज पर कोने में रखे अपने सफेद कोट और एक कत्थई लेदर का बैग हाथ में लेते हुए वो जा ही रहा था कि वो अचानक से रुका और एक पल को मुझे देखने लगा मानो उसे मुझसे कुछ और भी कहना था। पर फिर अपने मन को मनाते हुए बिना कुछ और कहे वो हॉस्पिटल के लिए निकल गया।

हमने जितने समय भी बात की उसमें अविनाश ने एक बार भी उन पुरानी बातों..दोस्ती, नफरत, प्यार से जुड़ी— उनका एक बार भी जिक्र नहीं किया, जिसकी मुझे राहत हुई। अच्छा ही था वो उन सब बातों को भूलकर आगे बढ़ चुका था। अगर ऐसा नहीं होता तो हम दोनों के लिए चीजें यहाँ बहुत असहज हो जाती।

अब हम दोनों सोलह सतरह साल के अनुभवहीन बच्चे नहीं थे... हम दोनों ही अब जिंदगी की परिपक्वता को महसूस कर रहे थे। मुझे खुशी थी कि उसने औरों की तरह मुझे दया की नजरों से नहीं देखा क्यूँकि लोगों का मुझे बेचारी या लाचार देखना मुझे पसंद नहीं था। मैं किसी से कुछ माँग नहीं रही थी जो भी काम कर रही थी अपनी मेहनत से कर रही थी चाहे वो काम छोटा हो या बड़ा। और शायद अविनाश ने मुझे समझा और मेरे आत्मसम्मान को ठेस पहुंचाए बिना अब जैसे वो मुझे नई उम्मीदों का रास्ता दिखा रहा था।

जब अगली सुबह मैं सुबह आठ बजे अविनाश के घर पहुंची तो वो वहाँ दो कप गर्म कॉफी के साथ मेरा इंतजार कर रहा था।

" तुम्हें ये सब करने की कोई जरुरत नहीं थी। मैं कॉफी आकर बना देती तुम्हारे लिए। " मैंने अपना पर्स हमेशा की तरह कोने पर रखते हुए उससे कहा।

उसने कॉफी मुझे पकड़ाई और बोला, " दुनिया में एक ही तो चीज है जो मैं अच्छी बना लेता हूँ। यदि एक कप कॉफी तुम्हारे लिए भी बना दूँगा तो क्या बड़ी बात हो जाएगी। तुम भी तो मेरे लिए कितना कुछ कर रही हो।"

" पर...."

" ये बहुत छोटी चीज है। अब इसकी आदत डाल लो तुम आस्था ।" ये कहकर वो मुस्कुराते हुए वहाँ से अपने ऑफिस में चला गया।

अब तो जैसे ये रोजाना का एक हमारा रूटीन बन गया। शुरुआत में मेरे अंदर उससे बात करने में थोड़ी झिझक रहती क्योंकि इस नए अविनाश से मेरा सामना पहली बार हो रहा था।

कॉफी पीने के बाद मैं नाश्ते की तैयारी करने में लग जाती और अविनाश थोड़ा समय अपने ऑफिस में बिताकर तैयार होने चला जाता। हम दोनों फिर साथ में बैठकर नाश्ता करते और अब धीरे-धीरे एक-दूसरे से खुलते जा रहे थे। लेकिन हम वर्तमान में चल रही बातों पर ही चर्चा करते और हमेशा उन पुरानी बातों को लाने से बचते। अबतक एक बार भी न मैंने और न ही अविनाश ने उन दिनों का जिक्र किया जब हम साथ हुआ करते थे। पर ये कहना गलत नहीं होगा कि जब भी अविनाश को मैं देखती तो अपने पुराने दोस्त को उसमें ढूँढ़ती।

नाश्ता करके अविनाश हॉस्पिटल के लिए निकल जाता और मैं सारा काम करके जब खाली होती तो नई-नई चीजें बनाने लग जाती जिसका सामान मैं अपने संग अब लाया करती थी। शाम को अविनाश घर आता तो कुछ न कुछ लाता रहता, कभी मिठाइयाँ, कभी केक, कभी कुछ और, तो कभी मेरे लिए रंग और कैनवास तो कभी सुंदर सुंदर रेशमी धागे या हस्तशिल्प से जुड़े कुछ सामान। वैसे तो अविनाश ने अपने घर का एक कमरा देने की पेशकश बहुत बार की थी पर मैं ही संकोच और अपनी झिझक की वजह से उसे मना कर देती थी। लेकिन फिर उसने खुद ही वो कमरा मेरे बनाए चीजों और कुछ अपने ही द्वारा मेरे लिए लाए सामानों से भर दिया। उससे जब कहती कि उसे ये सब खर्च करने की जरूरत नहीं मैं खुद ला सकती हूँ तो वो बस हँस कर टाल देता और कहता कि इसको मुझे मिलने वाली महीने की सैलरी का हिस्सा समझ लूँ, और फिर मैं ज्यादा कुछ उससे कह नहीं पाती।

अविनाश और मेरे बीच अब एक अलग तरह का रिश्ता बन चुका था जिसका मेरे पास कोई नाम नहीं था। ऐसा नहीं कि वो मेरा अब फिरसे अच्छा दोस्त बन गया था... और ऐसा भी नहीं कि हम एक दूसरे के लिए बिल्कुल अजनबी थे जैसे हमारे बीच बस एक पेशेवर रिश्ता हो। पर इन दोनों के बीच ही न जाने कौन सा वो रिश्ता था जो आपसी समझ और एक-दूसरे के प्रति सम्मान से भरा था। जो अब दिन प्रतिदिन धीरे-धीरे गहराता जा रहा था और जिसकी अब आदत सी होने लगी थी।

किसी ने सही कहा था कि समय बहुत बलवान होता है। कभी उस अविनाश जिसने मेरा दिल दुखाया था उससे तब बात करना पसंद नहीं करती थी, और आज वही अविनाश न जाने कैसे मेरी जिंदगी में सरलता लाए जा रहा था।

फिर एक दिन सुबह नाश्ते के समय अचानक से अविनाश ने मुझे किसी का कार्ड निकालकर दिया। मैंने पूछा तो उसने कहा, " तुम इस पते पर दोपहर में समय निकालकर जाओ। यह मेरे पापा के दोस्त है जिनकी

यहाँ बहुत बड़ी वर्कशॉप है हस्तशिल्प और दूसरी कलात्मक चीजों की। उनका अच्छे स्तर पर व्यवसाय है इसका और विदेशों में भी निर्यात करते हैं। माफ करना लेकिन मैंने तुम्हारी बनायी कुछ चीजों की फोटो उनको भेजी थी जिसे देखकर उन्होंने बोला था कि तुममें बहुत क्षमता है इस क्षेत्र में आगे सीखने की। तुम चाहो तो वहाँ जाकर क्लास ले सकती हो और अपनी बनाई चीजों को अच्छे दाम में बेच भी सकती हो वहाँ। "

ये सुनकर मैं थोड़ी स्तब्ध थी। अविनाश का मेरे लिए इतना प्रयास देखकर मैं विस्मय में थी। आखिर क्यूँ वो बिना जताए मेरे लिए इतना कुछ कर रहा है ?

मैंने उससे पूछ ही लिया, " तुम ये सब क्यूँ कर रहे हो अविनाश? "

" मैं क्या कर रहा हूँ, कुछ भी तो नहीं। करना तुम्हें है आस्था। तुम ये नौकरी कर रही हो...अपने परिवार का खर्च उठा रही हो, ये सब करने से तुम्हें कोई नहीं रोक रहा.. तुम ये करती रहो। पर मुझे लगता है अब समय आ गया है कि तुम अपने बारे में, अपनी इच्छाओं के बारे में भी सोचो। " उसने बिना हिचके मुझसे कहा।

और उसका कहना गलत भी नहीं था। अविनाश ही तो है जिसने आकर अचानक से मेरे बोझ को जैसे कम कर दिया। अब जगह-जगह मुझे ज्यादा पैसों के लालच में जाकर काम भी तो नहीं करना पड़ रहा था, जो था बस यहीं था। अविनाश ने न केवल मेरे बोझ को कम किया बल्कि अब वो मुझे सपने देखने के लिए उम्मीद भी दिखा रहा था।

जिंदगी की भागदौड़ में कभी सोचा नहीं था कि एक समय ऐसा भी आयेगा जब मैं अपने सपनों को सच में जी सकूँगी। अबतक मैं केवल अपने परिवार, अपने भाई- बहन के सपने ही पूरे करती आई थी। इनसब के बीच कभी मेरे पास समय ही नहीं होता था कि कभी अपनी इच्छा या सपनों के बारे में सोच सकूँ। पर अविनाश का इस तरह अचानक फिर से

मेरी जिंदगी में आकर मेरे सपनों को जैसे पर लगाना किसी कल्पना से कम नहीं था। मैंने आखिरकार उससे वो कार्ड ले ही लिया और सोचा क्यूँ नहीं इस सपने को एक मौका दिया जाए... हो सकता है इस बार जिंदगी भी मुझे एक मौका दे दे।

तो इस तरह अब मेरे एक नए सफर की शुरुआत हो चुकी थी। अविनाश के घर का काम अब मानो कोई नौकरी नहीं बल्कि अपने घर का काम सा लगने लगा था क्योंकि अविनाश से ज्यादा तो मैं ही वहाँ रहा करती थी। दोपहर में जब सब काम से दुरुस्त होती तो दो-तीन घंटे क्राफ्ट गैलेरी जाया करती थी जहाँ अविनाश ने ही मुझे परिचय कराया था। वहाँ बहुत कुछ सीख रही थी, कलाकृतियों के साथ-साथ अब मैं पोरस मिट्टी और चीनी मिट्टी के बर्तन बनाना और उन्हें सजाने-सँवारने का भी काम कर रही थी। अब मुझे सीखने के साथ-साथ मेरे क्राफ्ट को बेचने का भी मौका मिल रहा था तो ऐसा लग रहा था जैसे मेरी जंदगी का एक नया अध्याय शुरू हो चुका था जो किसी संघर्षों से भरा नहीं बल्कि खुशियों से भरा था।

और अविनाश हर कदम में मेरे साथ खड़ा था। उसकी मेरी जिंदगी में उपस्थिति जैसे खामोशी से भरी थी जिसका कोई नाम नहीं, लेकिन — बहुत सशक्त थी।

इन्हीं खुशियों के बीच शायद मुझे इसका एहसास नहीं हुआ या अगर कहो हुआ तो बहुत देर से हुआ कि अविनाश की खुद की भी कोई जिंदगी थी जिसे अब शायद उसने अनजाने में ही सही पर मेरे इर्दगिर्द बसा रखी थी। मुझे नहीं पता उसकी जिंदगी में कोई लड़की है या नहीं और अभी नहीं भी हो तो आज नहीं तो कल उसकी जिंदगी में किसी खास का आना तय था, फिर मेरे सामानों का उसके घर में होना शायद ठीक नहीं था। इसलिए ये सोचते हुए एक दिन कॉफ़ी की चुस्कियों के बीच मैंने अविनाश से कहा, "तुम्हारा ऊपर वाला कमरा जिसको मैंने वर्कशॉप बनाया हुआ है, मुझे लगता है अब उसे खाली कर देना चाहिए। वैसे भी कुछ दिनों से मैं ये सोच भी रही थी।"

" ऐसा कुछ भी करने की कोई जरूरत नहीं है तुम्हें। इतने समय से हमेशा वो कमरा खाली ही रहता था। कम से कम अब वो कुछ काम तो आ रहा है। " उसने मुझसे साफ इंकार कर दिया।

" पर फिर भी मैं चाहती हूँ कि अपना सामान यहाँ से शिफ्ट कर दूँ। मैंने बात कर रखी है, जहाँ मैं अभी किराये पर रहती हूँ उनका एक छोटा स्टोर रूम खाली पड़ा है और उसका ज्यादा किराया भी नहीं है। " मैंने फिर से इस बात पर जोर देकर कहा।

अविनाश ने निगाह भरकर मुझे देखा और पूछा, " आखिर बात क्या है आस्था? तुम्हें यहाँ मेरी वजह से कोई दिक्कत हो रही है, क्या बात है सच-सच बताओ ? "

कुछ पल मौन रहने के बाद मैंने उससे कहा, " मुझे तुमसे कोई दिक्कत नहीं है अविनाश। बस मैंने सोचा कि अगर तुम्हारी जिंदगी में कोई लड़की होगी तो तुम्हारे घर में मेरी चीजों की मौजूदगी शायद उसको सही न लगे। आखिरकार तुम्हारी भी तो अपनी एक व्यक्तिगत जिंदगी है। "

ये सुनकर अविनाश एक पल को बस शांत रहा और मुझे देखने लगा। न जाने क्या सोच रहा था ये मैं नही कह सकती, पर उसकी आँखों में पहली बार मुझे एक दर्द नज़र आया जिसको देखकर मैं समझ नहीं पा रही थी कि वो क्यूँ है?

कुछ पल की खामोशी के बाद उसने नज़रों को मुझसे हटाते हुए मेज की सतह पर टिका ली और कहा, " मेरी जिंदगी में कोई लड़की नहीं है..... न पहले और न अब । "

उसका जवाब सुनकर पता नहीं दिल में कुछ अजीब सा होने लगा जो इससे पहले कभी मैंने अनुभव नहीं किया था।

पहली बार था जब मैं वर्तमान में बाँधी हमारे बीच की सीमा को लाँघकर अतीत की यादों में जाने का जोखिम उठा रही थी।

मेरी भी नज़रें अब मेज की सतह पर ही टिक गई थी।

थोड़ा साहस भरकर मैंने उससे पूछा, " तुमने अबतक शादी क्यूँ नहीं की ? "

मैं उसकी निगाहों को अब अपने पर महसूस कर सकती थी पर उसको देखने से बच रही थी।

" क्यूँकि तुम नहीं थीं । " बेहिचक एकदम से उसने जवाब दिया।

और ये सुनकर मेरी नज़रें अचानक से ऊपर उठकर उससे जा मिलीं। दिल की धड़कन न जाने किस रफ्तार से दौड़ने लगीं।

क्या थे ये जज़्बात जो अब मैं अविनाश के लिए महसूस कर रही थी, या था वही पुराना एहसास जिसे कभी भूल जाना चाहती थी ?

4

<u>अविनाश-</u>

" क्यूँकि तुम नहीं थी । " अब और मैं ये सच कहने से खुद को रोक नहीं पाया।

मैं उसे देख रहा था, उसके चेहरे को पढ़ने की कोशिश कर रहा था।

और वो भी बस खामोशी से मुझे देख रही थी, शायद हैरान थी या कुछ और समझ नहीं पा रहा था पर मेरा दिल फिर से उसको खो देने के डर से मानो जोरों से धड़क रहा था।...... मुझे भी उम्मीद नहीं थी कि जिस बात का जिक्र करने से मैं इतने महीनों से कतरा रहा था उसे मैं उसके सामने एकदम से इस तरह लाकर रख दूँगा। पर मैं भी अपने जज़्बातों के आगे बेबस था।

" अविनाश...."

वो अपने आप को सँभालते हुए बोल ही रही थी कि मैंने उसे बीच में ही टोक दिया। शायद उसके फिर इंकार के लिए मैं तैयार नहीं था।

" मुझे याद आया आज हॉस्पिटल मुझे जल्दी जाना है ...आज स्टाफ मीटिंग लेनी है... तो नाश्ता मैं वहीं कर लूँगा। पर तुम अपना समय से नाश्ता कर लेना। " ये कहते हुए मैं उठ खड़ा हुआ और ऊपर अपने कमरे

में आकर तैयार होने लगा।

दिल में एक बेचैनी सी बढ़ने लगी थी। इतना कमजोर तो मैं कभी नहीं था पर आस्था के आगे मैं न जाने क्यूँ हर बार बेबस हो जाता था। कैसे मैं अपना दिल खोलकर उसे बताऊँ... और क्या वो तैयार है ये सब सुनने के लिए ?

एक लम्बी साँस छोड़ते हुए उन अनसुलझे सवालों को वहीं छोड़ते हुए अपने काम के लिए निकल गया।

आज पूरे दिन मैंने अपने आप को काम में व्यस्त रखा ताकि मन में आते अनचाहे ख्यालों से दूर रहूँ। ये सोचना भी नहीं चाहता था कि जब फिर से आस्था से मिलूँगा तो उसकी प्रतिक्रिया क्या होगी...क्या वो फिरसे अपने आप को मुझसे दूर कर देगी?...... न चाहते हुए भी मन में शंकाओं के बादल मंडरा रहे थे। जब शाम को घर पहुँचा तो आस्था को वहीं मेरे घर में पाकर मैंने एक सुकून की साँस ली।... पर वो इस तरह व्यवहार कर रही थी मानो सुबह हमारे बीच कोई ऐसी बात ही नहीं हुई, जो मेरे लिए एक राहत तो थी पर फिर भी मैं अंदर से खुशी महसूस नहीं कर पा रहा था।

क्या अभी भी उसके लिए मेरे जज़्बातों के कोई मायने नहीं थे? ....आखिर किस मिट्टी की बनी थी वो ? मुझे उसकी बेरूखी पर गुस्सा आ रहा था। उससे पूछना चाहता था कि उसके इस कठोर दिल में क्या कभी मेरे लिए कोई जगह नहीं थी और न कभी होगी ?.... सवाल बहुत थे पर उसका एक इंकार मेरे दिल को न जाने कितने और जख्म दे देता। मैंने अपने मन को समझाया कि मुझे इसमें ही खुश रहना चाहिए कि वो कम से कम अब मेरी नज़रों के सामने तो है। ये सोचकर मैंने भी इस बात को नज़रअंदाज किया और अब उसी तरह व्यवहार करने लगा मानो सुबह कुछ हुआ ही न हो।

उस दिन के बाद से फिर कभी आस्था ने अपने सामानों को यहाँ से ले जाने का जिक्र नहीं किया। और मुझे तसल्ली थी कि उसकी उपस्थिति को मैं उसकी गैरमौजूदगी में भी महसूस कर सकता था...नहीं तो उस दिन तो मानो ऐसा लग रहा था जैसे वो अपने सामानों को नहीं बल्कि खुद को फिरसे मुझसे दूर ले जाने की कोशिश कर रही थी।.... काश! मैं उसे बता पाता कि मेरी जिंदगी में किसी और लड़की का आना संभव ही नहीं है क्योंकि इस दिल में किसी और के लिए कोई जगह ही नहीं है। और अगर मेरी जिंदगी में किसी का आना तय है तो वो केवल आस्था ही होगी
।

इसी बीच जब एक दिन मैं हॉस्पिटल के लिए सुबह निकल ही रहा था तो आस्था के पास उसके भाई का फोन आया। पता चला कि आस्था की माँ की तबियत बहुत खराब है जो कुछ सालों से डायलिसिस पर थीं। उनकी हालत अचानक से बिगड़ गई जिस कारण अभी उनको हॉस्पिटल में आई.सी.यू. में एडमिट करना पड़ा। आस्था ये सुनकर बहुत घबरा गई उसे समझ नहीं आ रहा था कि वो क्या करे। उसने जैसे-तैसे अपने आँसुओं को रोक रखा था पर मैं उसकी बेचैनी को समझ पा रहा था। मैंने तुरंत जयपुर के लिए दो हवाई जहाज की टिकट बुक कराई और आस्था को संभाला। आस्था हर बार की तरह झिझक रही थी मुझसे मदद लेने से पर मैंने उसे समझाया कि ये वक्त इन सब बातों का नहीं है।

कुछ घंटे में हम जयपुर भी पहुँच चुके थे। मैं और आस्था उस हॉस्पिटल पहुँचे जहाँ उसकी माँ एडमिट थी। आस्था के भाई-बहन उसे देखते ही दौड़कर उसके गले लगते हुए रोने लगे। मैं जानता था कि आस्था भी बहुत परेशान थी पर उसने अपनी चिंता को छिपाते हुए अपने भाई-बहन की हिम्मत बंधाई।.... जो आस्था की माँ का केस देख रहे थे वो नेफ्रोलॉजिस्ट डॉक्टर संदीप अरोड़ा मुझसे अच्छे से परिचित थे। एक-दो सेमिनार में उनसे अच्छी मुलाकात हुई थी मेरी, वो मुझे वहाँ देखकर चौंक गए पर मैंने फिर उनसे आस्था का परिचय कराया और सब बताया। उन्होंने हमें बताया कि अक्सर डायलिसिस के मरीजों के साथ

ये दिक्कत आती है कि कभी-कभी खून में इंफेक्शन हो जाता है और बेहोशी की हालत हो जाती है...अभी आस्था की माँ का ब्लड प्रेशर नार्मल नहीं हो रहा जिस कारण उनको वेंटिलेटर पर रखा हुआ है। पर जैसे ही इंफेक्शन कम होगा वो कुछ दिनों में ठीक हो जाएंगी। मैंने आस्था को भी ये समझाया और उसे हिम्मत से काम लेने को कहा। उसको इस हाल में छोड़कर जाना तो नहीं चाहता था पर अपने काम के हाथों मजबूर था।

मेरी शाम की वापसी की टिकट हो चुकी थी क्योंकि बैंगलोर के हॉस्पिटल का काम भी मुझे देखना था तो ज्यादा देर मैं वहाँ रुक नहीं सकता था। आस्था मुझे छोड़ने के लिए होस्पिटल के बाहर तक आई। कुछ मिनट की खामोशी के बाद वो मुझसे बोली, " आज जिस तरह से तुमने मेरी मदद की अविनाश उसके लिए शायद शुक्रिया भी कम पड़े । "

" ये समय इन बातों का नहीं है आस्था। अभी तुम्हारे परिवार को तुम्हारी बहुत जरूरत है। जब तक तुम्हारी माँ ठीक होकर घर नहीं आ जाती तब तक तुम्हें वापिस आने की कोई जरूरत नहीं है । " मैंने उसे समझाते हुए कहा।

" पर तुम कैसे ......?"

मैं समझ गया था कि वो मेरे काम को लेकर परेशान थी।

उसे यकीन दिलाते हुए मैंने उससे कहा, " मैं सब कर लूँगा ।"

" तुम अगर चाहो तो मैं कंपनी में बात करके जब तक कोई और हेल्पर लगवा देती हूँ । " उसने मेरी फिक्र करते हुए कहा।

आस्था को मेरी चिंता करते हुए देख मुझे अंदर से एक खुशी महसूस हो रही थी, पर मैं उसे ये दिखाना नहीं चाहता था। मैंने मुस्कुराते हुए उससे कहा, " जबसे तुम्हारे हाथ का स्वाद चखा है उसके बाद किसी

और के हाथों का खाना मुझे पसंद ही नहीं आयेगा। तुम मेरी फिक्र मत करो आस्था मैं कुछ न कुछ प्रबंध कर लूँगा। तुम बस अपना और अपने परिवार का ध्यान रखो। ....ठीक है तो मैं चलता हूँ। "

मैं टैक्सी में बैठ ही रहा था कि आस्था ने मुझे रोका।

" अविनाश, एक मिनट। " ये कहते हुए वो अपने पर्स से कुछ निकालने लगी।

गिफ्ट ट्रैप में बँधी एक किताब जैसी कोई चीज उसने अपने पर्स से निकाली और मुझे पकड़ाते हुए उसने कहा, " कल तुम्हारा जन्मदिन है तो सोचा था ये छोटा सा उपहार तुम्हें दूँगी। पर अब शायद कल देना मुमकिन नहीं इसलिए ये एक गिफ्ट मेरी तरफ से तुम्हारे लिए, इसे घर जाकर ही खोलना। ...हैप्पी बर्थडे इन एडवांस । "

मैं थोड़ी देर हैरान होकर उसे देखने लगा। मैंने ये जरा भी उम्मीद नहीं की थी कि आस्था को मेरा जन्मदिन याद होगा। शायद यही वजह थी कि इस समय खुशी के मारे मेरा दिल जैसे उछाल मार रहा था। मुस्कुराते हुए मैंने उससे वो गिफ्ट ले लिया और एक निगाह भरकर उसको देखने के बाद मैं टैक्सी में बैठकर अपनी मंजिल की ओर चल दिया बस इसी इंतजार में कि कब घर पहुंचकर इसको खोलने का मौका मिलेगा। जब-जब मेरी नज़र आस्था के दिए गिफ्ट पर पड़ती मेरे चेहरे पर एक बड़ी सी मुस्कान आ जाती। मैं फूले नहीं समा रहा था कि उसे याद था कल मेरा जन्मदिन है और वो उसके लिए इंतजार भी कर रही थी। ये किसी के लिए बहुत छोटी चीज हो सकती थी .....पर मेरा दिल जानता था कि मेरे लिए नहीं।

घर पहुँचते रात हो चुकी थी। अच्छा था कि मैंने रास्ते में रुककर कहीं कुछ खा लिया था। उस गिफ्ट को खोलने के लिए बेसबर तो न जाने कबसे था पर फिर सोचा कि आस्था के एहसास को जल्दबाजी में गँवाना

नहीं चाहता। घर पहुँचने पर जब नहा धोकर दुरुस्त हुआ तब तसल्ली से बैठकर आस्था के दिए गिफ्ट को खोलने लगा। उसको खोलते ही उसमें से एक डायरी निकली जिसका कवर जूट के कपड़े से बना था और जिसके बॉर्डर पर बहुत सुंदर फूल पत्तियों से सजी डिज़ाइन हाथ से पेंट करकर बनाई हुई थी। मैं समझ गया था कि ये मेहनत आस्था की ही है। एक हल्की मुस्कान के साथ उस डायरी को खोला तो उसमें पीले रंग का वही छोटा चोकोर नोट था जिससे हमारी शुरुआती दिनों में बात हुआ करती थी। उसमें लिखा था —

ये डायरी आपको मौका दे सुनहरी यादों को बनाने का और उनको जीने का...Happy Birthday Avinash. — आस्था

उस नोट के साथ में एक बुकमार्क भी था जो कि आस्था ने खुद ही बनाया था। यह एक सफेद मोटे कपड़े का बना था जिसमें काले और लाल रंग के धागे से एम्ब्रॉयडरी करके उसमें लिखा था —

Thank You
for giving me
Hope....
With love
Astha

न जाने कितनी बार उसको मैंने पड़ा होगा, बस कह नहीं सकता। मुस्कुराते हुए उसके लिखे विद लव को न जाने कितनी बार अपनी उंगलियों से सहलाया था। शायद अबतक मिले जन्मदिन के तौफों में सबसे बेहतरीन तौफा था ये मेरी जिंदगी का। एक बार को सोचा कि मैं उसको मैसेज करके बता दूँ कि उसका दिया तौफा मुझे बहुत पसंद आया पर फिर सोचा कि ये समय ठीक नहीं है। आस्था पहले से ही अपनी माँ को लेकर इतनी परेशान है और ये सब बातें करकर मैं उसे असहज नहीं करना चाहता था।

पर दो दिन बाद आस्था का ही मैसेज आया जो कि हैरानी की बात थी क्योंकि वो कभी भी पहले मैसेज नहीं करती थी और बस एक-दो बार ही कभी ऐसा हुआ था जब हमने कभी मैसेज के जरिए बात की हुई थी...तो ये थोड़ा आश्चर्यजनक था।

उसने लिखा था—

" *मुझे आज कंपनी से दो महीने की एडवांस सैलरी मिली। क्या ये तुम्हारा काम है ?* "

मैं जानता था कि इस समय जब उसकी माँ हॉस्पिटल में एडमिट हैं तो आस्था को पैसों की बहुत जरूरत होगी। पर वो बहुत स्वाभिमानी थी तो किसी भी तरह प्रबंध करने की कोशिश करेगी पर मुझसे कभी नहीं माँगेगी। और मैं उसे इस कदर पैसों के लिए जूझते नहीं देख सकता था। इसलिए मैंने उसे जवाब में लिखा—

" *अगले महीने से मुझे अक्सर टूरिंग पर जाना होगा...कुछ सेमिनार हैं जिनमें मुझे शामिल होना है... इसलिए मैंने तुम्हारी कंपनी को पहले ही एडवांस पेमेंट कर दिया क्योंकि तब शायद मेरे पास समय न हो। पर ये तुम्हारी कंपनी का निर्णय है इसमें मेरा कोई हाथ नहीं।* "

जो भी मैंने लिखा उसमें कुछ भी गलत नहीं था। जानता था कि अगले महीने से मैं कुछ ज्यादा ही व्यस्त रहने वाला था और बस एक ये ही जरिया था जिससे मैं बिना जताए आस्था की मदद भी कर सकता था।

पता नहीं उसे मेरा विश्वास हुआ या नहीं पर उसने लिखा—

" *ओके..... पर तुमने मुझे पहले बताया नहीं इस बारे में।* "

" शायद ध्यान से उतर गया होगा। ....अब तुम्हारी माँ की तबियत कैसी है? " मैंने उस विषय को टालते हुए उससे पूछा। वैसे तो मैं डॉक्टर संदीप अरोड़ा से फोन पर रोज शाम को जानकारी लेता रहता था पर फिर भी मैंने उससे पूछा।

" अभी वो वेंटिलेटर पर ही है। डॉक्टर कह रहे थे कि धीरे-धीरे इंफेक्शन कम हो रहा है पर अभी थोड़ा समय लगेगा पूरी तरीके से सही होने में ।"

मैं उसके शब्दों में छिपी चिंता को समझ सकता था। " तुम थोड़ा हिम्मत से काम लो आस्था। जल्द ही उनकी हालत में सुधार होगा। मेरी डॉक्टर संदीप जी से बात हो रही है उन्होंने कहा है कि खतरे की कोई बात नहीं है..इन्फेक्शन कम होते ही सुधार तेजी से होगा उनमें। "

" हाँ, बस यही उम्मीद है। ....शुक्रिया अविनाश तुम जो भी बिना जताए मेरे लिए कर रहे हो... पता नहीं इसका कर्ज मैं कभी उतार पाऊँगी या नहीं। "

उसके मैसेज को पढ़कर मैं थोड़ी देर शांत बैठा रहा। उसको आखिर कैसे बताऊँ कि ये कोई कर्ज़ नहीं बल्कि मेरा प्यार है। पर फिर भी मैंने लिखा—

" जो तुम सोच रही हो ऐसा कुछ भी नहीं है। तुम बस अपना ध्यान रखो। "

अब लगभग पच्चीस दिन बीत चुके थे और आस्था को भी लौटे पाँच दिन हो चुके थे। ये कहना जरा भी गलत नहीं होगा कि उसके बिना मेरी जिंदगी बहुत गड़बड़ा सी गई थी....न खाने का कोई समय था और न मेरी चीजों का कोई ठौर ठिकाना। पर उसके आने के बाद जिंदगी वापिस से पटरी पर लौट आई। सब चीजें फिरसे व्यवस्थित और सुचारू रूप से होने लगी थी। और आस्था भी अपनी क्राफ्ट गैलरी में खुश थी। ...और मैं भी

अपने जज़्बातों को दबाए बस उसके करीब होने में ही खुश रहता अगर उस दिन वो घटना नहीं हुई होती तो।

ये अगस्त महीने का पहला गुरुवार था। उस दिन मेरा काम जल्दी खत्म हो गया था तो सोचा कि आस्था भी अबतक क्राफ्ट गैलरी में अपने काम से दुरुस्त हो चुकी होगी और अब जाना हम दोनों को मेरे ही घर है तो उसको अपने साथ ही ले लेता हूँ। मैंने आस्था को मैसेज करके ये बताया तो उसने भी कहा ठीक है। मैं क्राफ्ट गैलरी की वर्कशॉप के बाहर अपनी गाड़ी के सहारे खड़े होकर आस्था का इंतजार कर रहा था। और वो थोड़ी देर में अपने हाथों में कुछ मिट्टी के बनाए पॉट लिए वहाँ से निकली ....पर वो अकेली नहीं थी। उसके साथ एक लड़का सामान लिए आ रहा था जो कोई बड़ी बात नहीं थी। पर जो बात मेरे दिल को बेचैन कर रही थी वो उनका हँसते, मुस्कुराते साथ में आना था। आस्था को मैंने पहले कभी इतना बेफिक्र हँसते हुए नहीं देखा था। वो लड़का उससे कुछ कह रहा था और वो उसकी बातों पर जोर से हँस रही थी। शायद उसको एहसास ही नहीं था कि मैं खड़ा वहाँ उसका इंतजार कर रहा था। पता नहीं पर मुझे आस्था को उस लड़के के साथ देखकर न जाने क्यूँ गुस्सा आ रहा था।

आस्था ने जब मुझे वहाँ देखा तो अपनी वही मुस्कान लिए मेरी ओर आने लगी और उसके पीछे-पीछे वो लड़का भी।

" माफ करना आज थोड़ा ज्यादा सामान है मेरे पास...तुम्हारी गाड़ी में पीछे जगह है..? " उसने थोड़ा संकोच में आकर मुझसे पूछा।

उसके मेरे साथ इस झिझक को देखकर मुझे और गुस्सा आ रहा था कि क्यों वो मेरे साथ परायों की तरह पेश आती है?.. पर फिर भी मैंने अपने गुस्से को शांत रखने की कोशिश की और अपनी गाड़ी की डिग्गी उसके सामानों के लिए खोली। उसने अपने हाथों में रखे समान को वहाँ रखा फिर उस लड़के से भी उसके हाथों में पकड़े सामान को डिग्गी में रखने को कहा जो शायद आस्था का ही था। गाड़ी में बैठने से पहले आस्था ने एक

बड़ी सी मुस्कान के साथ उस लड़के का शुक्रियादा किया जो शायद मेरे दिल में एक तीर की तरह चुभा।

मैं गाड़ी शुरू कर ही रहा था कि अपनी टीस को शब्दों में लाने से रोक नहीं पाया।

" लगता है तुम्हारे बहुत अच्छे दोस्त बन गए हैं अब यहाँ।"

वो मुस्कुराई, " ऐसा नहीं है...हम सब लोग साथ काम करते हैं तो थोड़ी बहुत बात चीत हो जाती है बस। "

मैं भी मुस्कुराया पर खीझते हुए, " जो लड़का आज तुम्हें छोड़ने आया उसे देखकर लग तो नहीं रहा था कि बस थोड़ी ही बातें होती होंगी।"

अपनी भौंहों को सिकुड़ते हुए वो मुझे आश्चर्य से देखने लगी, " कौन... वैभव ? वो आज कुछ ज्यादा ही सामान था मेरे पास तो उसने कहा वो मुझे बाहर तक छोड़ देगा और आज एक दिलचस्प घटना हुई थी वर्कशॉप में जिस वजह से हम इतना हँस रहे थे। "

उसकी ईमानदारी से कही बात पर मेरा गुस्सा धीरे-धीरे शांत होने लगा था पर किसी और के लिए उसकी मुस्कुराहट को देख कसक अभी भी थी मेरे दिल में। मैं शान्ति से गाड़ी चला रहा था पर दिल मेरा शांत नहीं था। शायद आस्था को मेरी मनोदशा के बदलाव का एहसास हो रहा था।

कुछ पल की खामोशी के बाद उसने मुझसे पूछा, " तुम किसी चीज से नाराज़ हो अविनाश ? "

नाराज.!! ....पता नहीं ये क्या महसूस कर रहा था लेकिन ये पता था कि दिल मेरा चैन में नहीं था।

" क्या तुम सुनने के लिए तैयार हो ?" मैंने भी रास्ते पर नज़रें गड़ाए उससे पूछा।

एक पल मौन रहने के बाद उसने कहा, " हाँ....अगर तुम कहने के लिए तैयार हो । "

उसका जवाब सुनकर मैंने एक पल को उसे देखा और फिर वापिस से नज़रें रास्ते पर टिका ली। आखिरकार जो मेरे दिल में था मैं उससे कह देना चाहता था।

' हाँ, मैं नाराज हूँ । तुम्हारा किसी और के साथ हँसना, मुस्कुराना मुझे आज बिल्कुल भी बरदाश्त नहीं हो रहा था। ऐसा लग रहा था कि मैं तुम्हें खो सा रहा हूँ जो मैं बिल्कुल नहीं होने देना चाहता। इस दुनिया के हर आदमी को मैं बताना चाहता हूँ कि तुम सिर्फ मेरी हो.....सिर्फ मेरी। पता नहीं ये तुम्हारे लिए मेरा तुम्हें खोने का डर है, जलन है या कुछ और। पर ये मेरे लिए तुम्हारा प्यार है —सच्चा प्यार। '

पर ये सब मैं उससे कह नहीं सका।

शायद अपने दिल पर जख्म लेने को तैयार था लेकिन अब उसको खोने के लिए नहीं.... चाहे मुझे कितना लम्बा इंतजार क्यूँ न करना पड़े।

पूरे रास्ते हम शांत रहे। आस्था ने दोबारा उस बारे में नहीं पूछा और न ही मैं उसको कुछ बताने के लिए तैयार था। पता नहीं ये जिंदगी का कौन सा मुकाम था जहाँ न मैं अपने दिल की गहराई में दबे अपने प्यार को उसके सामने रख पा रहा था और न वो, न जाने किस मजबूरी की बेड़ियों से बँधी थी जो अपने जज़्बातों को दिल में ही दबाए बैठी थी। खाना भी हमने खामोशी में खाया और फिर आस्था अपने घर चली गयी...और मैं वहीं अपनी तन्हाई के बीच ।

अपने ऑफिस में आया तो एक लिफाफे को अपनी मेज के ऊपर रखा पाया। वो लिफाफा दिल्ली से था और मेरी माँ ने भेजा था। 'शायद सुबह आया होगा तो आस्था ने यहाँ रख दिया होगा ', ये सोचते हुए मैं उसे खोलने लगा। हमेशा की तरह उसमें एक लड़की का फोटो और उसका बॉयोडाटा था जो मेरी माँ ने शादी के लिए पसंद करने के लिए भेजी थी। माँ की हरकतों पर सिर हिलाते हुए मैं उस लड़की का बॉयोडाटा पढ़ने लगा ये सोचकर कि अब माँ ने किसे पसंद किया हुआ है मेरे लिए। पता चला कि ये लड़की भी पेशे से डॉक्टर है और वहीं दिल्ली में ही काम कर रही है। उसका फोटो फिरसे हाथ में उठाते हुए मैं उसे देखने लगा। इसमें कोई शक नहीं था कि वो बहुत सुंदर, अच्छी पढ़ी लिखी, पेशे से सफल और हर तरह से काबिल थी.............बस वो मेरी आस्था नहीं थी।

मुस्कुराते हुए उस फोटो और उसके बॉयोडाटा दोनों को वापिस से मैंने लिफाफे में डाल दिया और वहीं छोड़ दिया। अपने कमरे में सोने के लिए जा ही रहा था कि आस्था की वर्कशॉप वाले कमरे के आगे रुक गया। उसका दरवाजा खोलकर उसके अंदर गया। सारा कमरा आस्था की बनाई और कुछ अधूरी चीजों से भरा पड़ा था और खास बात यह थी कि वहाँ मेरी आस्था का एहसास था। यहाँ वो दूर होकर भी मेरे पास थी। मेरी नज़र सजावट के सामानों के बीच उन पीली चिट पर पड़ी तो एक हल्की मुस्कान चेहरे पर आ गई। उन पीली चिट से हम दोनों का ही एक गहरा नाता था।

नज़रों को उठाकर मैं फिरसे आस्था की बनाई चीजों को देख रहा था कि मेरी नज़र सामने रखे उन चीनी मिट्टी के गमलों पर गई जिन्हें आज ही आस्था क्राफ्ट गैलरी से बनाकर लाई थी। उसने उन्हें बहुत खूबसूरत रंगों से और सुंदर कलाकृतियों से बनाकर सजाया हुआ था। पर उन सभी रंग बिरंगे सजे हुए गमलों के बीच मेरी नज़र उस एक सादा छोटे गमले पर टिक गई थीं जिसमें कोई सजावट नहीं हुई थी। एक हल्के नीले रंग से रंगा हुआ वो साधारण सा गमला उन सब सजे-संवरे गमलों से ज्यादा मेरे दिल को भा रहा था जो कि मुझे आस्था की याद दिला रहा था। .....कितने

अनगिनत सुंदर चेहरों के बीच मेरे दिल में भी तो वो बस इसी तरह बस गई थी जिसके आगे दुनिया की हर चीज फीकी थी।

एक पीली चिट को आस्था के सामान से उधार लेकर मैंने उसमें कुछ लिखा और उस गमले पर चिपका दिया। उसपर लिखे अपने शब्दों को पढ़कर एक गहरी आह भरी और लौटकर वापिस अपने कमरे में आ गया।

पर वो शब्द अभी भी मेरे दिल और दिमाग में गूँज रहे थे।

" सादगी ही सबसे बड़ी सुंदरता है। — अविनाश "

5

<u>आस्था—</u>

" सादगी ही सबसे बड़ी सुंदरता है । — अविनाश "

अगले दिन जब अपनी वर्कशॉप में रखे एक बेहद खूबसूरत छोटे गमले पर ये नोट चिपका पाया तो उसको पढ़कर एक अजीब सी खुशी महसूस होने लगी। अविनाश की आँखों ने भी वही देखा था जो मेरी आँखों ने देखा।....अपनी भावनाओं से आखिर कबतक मैं भाग सकती थी ? अविनाश के लिए अपने जज़्बात को मैं अब भलीभाँति पहचान चुकी थी। ये कुछ और नहीं प्यार ही था जिसे अब और मैं नकार नहीं सकती थी ....बस मन में एक अनजान सा डर था, या था वही असुरक्षा का भाव जो हमेशा मेरे कदमों को पीछे खींच देता था।

पर सपने भी तो देखना अब मुझे अविनाश ने ही सिखाया था।

और मैं खुश थी कि अब इस धीरे-धीरे बढ़ती नजदीकियों को एक नाम मिल रहा था। पर जब भी कोई खुशी मेरे दरवाजे पर दस्तक देती है तो जिंदगी हमेशा की तरह कोई नया खेल खेल देती है।

मैं नीचे अविनाश के ऑफिस में जब थोड़ी सफाई कर रही थी तो गलती से एक लिफाफा मुझसे नीचे गिर गया और उसमें रखी चीजें नीचे बिखर गईं। उनको वहाँ से उठा ही रही थी कि देखा वो किसी का बॉयोडाटा था

और साथ में किसी की एक फोटो भी थी। उस फोटो में जो लड़की थी वो बेहद ही खूबसूरत थी। मैं समझ गई थी कि ये क्या है। पर फिर भी मैंने उस कागज को पड़ा तो पता चला कि वो पेशे से एक डॉक्टर भी है और हर तरह से —सुंदरता से लेकर पेशे तक— वो अविनाश के काबिल है......और दूसरी ओर मैं ..?

जब मुझे अपने स्तर की वास्तविकता का सामना हुआ तो ये अचानक से आये किसी भूचाल से कम नहीं था। मेरा उस लड़की के साथ बराबरी का कोई मुकाबला ही नहीं था।

दिल मेरा धीरे-धीरे बैठता जा रहा था। इसमें कोई शक नहीं था कि मैं अविनाश को चाहने लगी थी बस शायद उसकी पहल का इंतजार कर रही थी। लेकिन अपनी चाहत के बीच मैं ये भूल गई थी कि मेरे और अविनाश के स्तर एक-दूसरे से बिल्कुल जुदा थे। उसमें और मुझमें जमीन आसमान का अंतर था जो मेरी पहुँच से बहुत दूर था। मैं अपनी नादानी में ऐसे-ऐसे सपने देख रही थी जिसके शायद मैं काबिल ही नहीं थी। हो सकता है अविनाश की दोस्ती और उसकी दरियादिली को मैं कुछ और ही नाम दे रही थी जिसकी अविनाश की जिंदगी में शायद कोई खास जगह नहीं थी। और संभावित अविनाश के दिल में मेरे लिए ऐसी कोई भावनाएँ ही न हो जिन्हें मैं उसकी खामोशी में महसूस किया करती थी।

ये सोचकर दिल एक अनजान दर्द से कराह रहा था और आँखें न जाने क्यूँ नम होये जा रहीं थीं। एक अलग तरह की पीड़ा से आज मेरा सामना हो रहा था जो पल-पल असहनीय होता जा रहा था। आखिर कैसे मैं अविनाश के दिल में रह सकती थी जब मैं किसी भी तरह उसके लायक ही नहीं थी?...... अच्छा ही था कि मुझे समय रहते इसका एहसास हो गया पर फिरभी ये दिल एक अजीब सी बेचैनी में था। आज एक अलग सी उदासी मन में घर कर रही थी जिसका कोई तोड़ मेरे पास नहीं था। अब शाम भी हो चुकी थी और अविनाश के घर आने का समय हो चुका था । अविनाश जब घर आया तो मैं हमेशा की तरह अपने काम में व्यस्त

थी पर उसकी निगाहों ने शायद मेरे चेहरे के उड़े रंग को भांप लिया था। उसने पूछा भी क्या मैं ठीक हूँ और मैंने भी मुस्कुराते हुए उसकी चिंता को कम किया और कहा सब ठीक है बस थोड़ी उमस हो गई है मौसम में इसलिए उसे ऐसा लग रहा होगा।

पर आज अविनाश भी कुछ ठीक नहीं था जैसे कोई चीज उसको बहुत परेशान कर रही थी। वो मुझसे कुछ कहना चाह रहा था कि दरवाजे पर घंटी बजी। उसने ही जाकर दरवाजा खोला तो उसके साथ वही लड़की अंदर आ रही थी जिसकी तस्वीर आज ही मैंने सफाई के समय अविनाश के ऑफिस में देखी थी। वो अपने चेहरे पर बड़ी सी मुस्कान लिये अविनाश से कुछ कहती हुई अंदर आ रही थी पर अविनाश की निगाहें केवल मुझ पर ही टिकी थीं। सुप्रिया नाम था उस लड़की का जो कि मैंने उसके बॉयोडाटा में पढ़ा था — वो मुझे देखकर अचानक से रुक गई शायद हैरान हुई थी। मेरे दिल में भी एक अजीब सी उथल-पुथल हो रही थी जिसे मैंने अपने चेहरे पर आने नहीं दिया था पर उन दोनों को साथ में आया देख असहज तो मैं भी थी।

इससे पहले अविनाश मेरा परिचय कराता मैंने ही मुस्कुराते हुए उससे कहा, " हेलो.....मैं आस्था हूँ इस घर की केअर टेकर । "

अविनाश की घूरती निगाहों को मैं अपने ऊपर महसूस कर रही थी पर मैंने उसे नज़रअंदाज किया। मैं नहीं जानती थी कि अविनाश मुझे किस तरह उससे परिचय कराता, पर मैं अब अपने स्तर से अच्छे से वाकिफ थी तो अपनी वजह से उसे किसी ऐसी स्थिति में नहीं डालना चाहती थी जिसमें वो असहज हो।

सुप्रिया इनसब बातों से अनजान मेरी ओर मुस्कुराई, " और मैं सुप्रिया।...माफ करना ऐसे अचानक से यहाँ आने के लिए लेकिन अविनाश की माँ चाहती थी कि हम दोनों डिनर साथ करें इसलिए। "

मैंने अपने जज़्बातों को दिल में छिपाते हुए एक मुस्कान के साथ उससे कहा, " ये तो बहुत अच्छी बात है। ...मैं क्या बनाऊँ आप लोगों के लिए..? "

वो अविनाश को देखने लगी पर मैं अविनाश को देखने से बच रही थी। न जाने क्यूँ मेरे अंदर साहस नहीं हो रहा था उसे देखने का।

" हम लोग डिनर बाहर ही करेंगें । " ये पहली बार था जब अविनाश ने कुछ बोला। मैं अभी भी महसूस कर सकती थी उसकी नज़रों को अपने ऊपर....पर मेरे में हिम्मत नहीं थी उसे देखने की।

एक अजीब सी खामोशी के बाद मैंने भी बिना उसे देखे हामी में सिर हिलाया और कहा, " ठीक है.......तो फिर मैं चलती हूँ।"

पास ही में रखा अपना पर्स मैंने वहाँ से उठाया और सुप्रिया की ओर एक हल्की मुस्कान देते हुए बिना कोई और वक्त गँवाए मैं वहाँ से चल दी। घर के बाहर निकलते हर कदम मुझे अविनाश से होती दूरी का एहसास दिला रहे थे। घर से बाहर निकलते ही जैसे दिल में छिपा सारा दर्द आज आँसू बनकर मेरी आँखों से छलक रहा था। उनको पोंछते हुए मेरे कदम आगे की ओर बढ़ रहे थे। मुझे अपने पीछे आते हुए किसी का एहसास ही नहीं हुआ जबतक किसी ने मेरा हाथ पकड़ते हुए मुझे पीछे नहीं खींचा। वो कोई और नही अविनाश ही था।

उसके चेहरे पर एक गुस्सा था, " आस्था तुम कहाँ जा रही हो? ...तुमने खाना तक नहीं खाया अभी।"

खाना तो बहुत दूर की बात थी आज तो मुझे अपने होने का ही एहसास नहीं हो रहा था।

" मुझे आज भूख नहीं है। अगर लगेगी तो मैं घर पर ही कुछ बना लूँगी।

तुम जाओ...तुम्हारी मेहमान तुम्हारा इंतजार कर रही है अंदर....।" मैंने अपने आपको सँभालते हुए उससे कहा पर अपने शब्दों में आयी जलन को नहीं छिपा सकी।

वो मुझे बस देख रहा था। उसके चेहरे पर गुस्सा अभी शांत नहीं हुआ था। " तुम चाहती हो मैं उसके साथ जाऊँ ?.....और तुम्हें इससे कुछ फर्क नहीं पड़ता ? " वो कड़े शब्दों में मुझसे पूछ रहा था।

पड़ता है....बहुत फर्क पड़ता है। पर मेरे फर्क पड़ने से क्या होगा ? मेरा और अविनाश का भविष्य कैसे एक हो सकता था? ...मैं किसी भी स्तर पर उस सुप्रिया की बराबरी नहीं कर सकती थी और अविनाश बस एक सपने की तरह था जिसे मैं कभी पा नहीं सकती थी।

अपने आपको मजबूत करते हुए मैंने उससे कहा, " वो हर तरह से तुम्हारे काबिल है। जब तुम उसके साथ समय बिताओगे तभी उसको और अच्छे से जान पाओगे। ...और तुम्हारी माँ भी तो यही चाहती है। "

ऐसा कहकर मैं जा ही रही थी कि उसने मेरा हाथ पकड़ते हुए मुझे अपनी ओर खींचा। मैं समझ नहीं पा रही थी कि क्या हो रहा है पर बहुत गुस्से में था वो। " मुझे फर्क नहीं पड़ता कौन क्या चाहता है,... लेकिन तुम क्या चाहती हो आस्था ? " जोर देकर उसने मुझसे पूछा। उसकी आवाज में उतना ही बल था जितना उसके हाथों में। शायद वो भी किसी वजह से तड़प रहा था।

लेकिन मेरी असुरक्षा की दीवार इतनी लंबी हो चुकी थी कि अब उसको तोड़ना मुमकिन नहीं था।

अपने दिल को कठोर करते हुए मैंने अपने आप को उसकी गिरफ्त से छुड़ाया और गहरी साँस भरते हुए मैंने उससे कहा, " .... मैं भी यही चाहती हूँ अविनाश । " और ये कहकर मैं फिर बिना मुड़े वहाँ से चली गई।

हाँ, थी मैं कठोर...बेरहम पर अपनी असुरक्षा के आगे बेबस थी ।

मेरा बचपन भी तो हमेशा इन्हीं असुरक्षा के बीच कटा था और संघर्षों का जैसे चोली दामन का साथ था। लोगों की परखती नज़रों के बीच खुद से खुद के लिए संघर्ष करना – इन सब ने मुझे इतना बेबस कर दिया था कि अब अपनी खुशी के बारे में सोचती भी हूँ तो डर लगता है।...और अविनाश मेरी जिंदगी का वो हिस्सा था जिसे मैं खुद से जुदा नहीं कर सकती पर उसको पा भी नहीं सकती थी। मैं जानती थी कि अविनाश के लिए खुशियाँ बाँहें खोलकर खड़ी हैं बस उसको आगे बढ़कर उन्हें लेना ही है, और मैं उसकी खुशियों में कोई रोड़ा बनकर नहीं रहना चाहती थी। शायद यही वजह थी कि मैं उस शाम जो भी घटा हमारे बीच उसके बाद इतनी जल्दी उसका सामना करने के लिए तैयार नहीं थी इसलिए मैंने दो दिन की छुट्टी ली ताकि अपने बिखरे जज़्बातों को समेट सकूँ।

दो दिन बाद जब हमेशा की तरह सुबह मैं उसके घर गई तो वो वहाँ नहीं था। मैं समझ गई थी कि वो भी शायद अब मुझसे मिलना न चाह रहा हो और वो गलत भी नहीं था।.... मैं हमेशा की तरह अपने काम में लग गई पर न जाने क्यूँ आज एक अजीब सी तन्हाई महसूस हो रही थी। अविनाश की मेरी जिंदगी में एक आदत सी हो गई थी तो उसकी गैरमौजूदगी साफ-साफ खल रही थी। जब सब काम से दुरुस्त हुई तब मैं ऊपर अपनी वर्कशॉप में गई। सारा कमरा मेरे बनाए सामानों से घिरा था पर उन सब के बीच एक लकड़ी का डिब्बा वहाँ रखा हुआ था जो कि मेरा नहीं था। मेरा दिल समझ चुका था कि वो किसने रखा था तो मेरे कदम अपनेआप उसतक जा पहुँचे। अविनाश ने उस डिब्बे के ऊपर एक पीली चिट चिपका रखी थी जिसमें लिखा था—

" शायद हिम्मत नहीं कि तुम्हें बता पाऊँ कितना प्यार करता हूँ तुमसे, पर बिन कहे जाना भी नहीं चाहता। ...कुछ पुरानी यादें हैं तुम्हारी मेरे पास जो अब तुम्हें लौटा रहा हूँ।" — अविनाश

न जाने क्यूँ मेरी आँखें उन अनकहे शब्दों की वजह से नम हो रही थी। दिल जोरों से धड़क रहा था और साँसें गहरी होती जा रही थीं। ऐसा लग रहा था कुछ छूट रहा है मुझसे। थोड़ी हिम्मत करके वो डिब्बा आखिरकार मैंने खोला और उसके अंदर देखते ही एक सिसकी निकलने से मैं खुद को रोक नहीं पाई और आँखों से पानी बहने लगा। ...हर चीज उसमें मेरी थी — बालों की क्लिप से लेकर वो गुलाबी पेंसिल तक जिन्हें पापा मेरे लिए लाए थे, घिस-घिसकर आधी हुई रबर से लेकर वो पुरानी नकली अँगूठी जो मुझसे कहीं गिर गई थी — हर चीज उसमें मेरी थी जिन्हें इतने सालों बाद भी अविनाश ने ऐसे सँजोकर रखा था जैसे वो किसी खजाने से कम नहीं।.... स्कूल के दिनों का वो बचकाना प्यार जिसकी गहराई शायद अब मैं समझ रही थी।.... अविनाश के उन अनकहे शब्दों और उन खामोशीयों का मतलब भी जैसे अब मैं सुन पा रही थी।

वहीं कोने में दबे कुछ सफेद कागज़ और उसके साथ एक चिट्ठी भी थी। एक लम्बी साँस भरकर मैंने उस चिट्ठी को खोला और अविनाश के हर शब्द को अपने दिल में उतरते हुए महसूस किया।

मेरी प्यारी
आस्था,

क्या कहूँ समझ नहीं आ रहा और कहाँ से शुरू करूँ ये भी नहीं पता। जो इतने सालों में नहीं कह पाया वो चंद शब्दों में कैसे कहूँगा?... ज्यादा कुछ नहीं आस्था बस इतना ही कहूँगा कि मेरी जिंदगी और मेरे दिल में कभी कोई लड़की जगह नहीं ले सकती क्यूँकि इस दिल में पहले से ही तुम हो। मैं नहीं जानता कि तुम्हारे लिए मेरे क्या मायने है, या हो सकता है कुछ न भी हो तो इसके लिए मैं तुम्हें दोष भी नहीं देता। सालों पहले एक शर्त से शुरू हुआ दोस्ती का रिश्ता शायद तुम्हें वो आज भी झूठ लगे पर मैं जानता हूँ उसमें मेरा किया हुआ वादा उतना ही सच्चा था जितना मेरा प्यार। अगर वो दोस्ती झूठी और सिर्फ एक शर्त के लिए होती तो वो उसी

दिन ही खत्म हो जाती जिस दिन तुमने दोस्ती के लिए हाँ की थी। पर ऐसा नहीं था क्यूँकि तुम मेरे लिए एक शर्त नहीं....बहुत खास बन गई थी। एक जिद्दी, पैसों के गुमान से भरे उस लड़के को तुमने अनजाने में ही सही पर जमीन से जुड़ना सिखा दिया था और उसके दिल में एक ऐसी जगह बना ली जिसको फिर मिटा पाना नामुनकिन था।

पर सालों बाद जब मैं उसी आस्था को अपने घर में काम करते और अपने परिवार के लिए जीवन की परेशानियों से चुपचाप जूझते देखता हूँ तो एक पल को मेरा दिल दर्द से कराह उठता है.....लेकिन इतने संघर्षों के बाद भी जब तुम्हें अपने स्वाभिमान के लिए लड़ता देखता हूँ तो बहुत गर्व होता है और तुम्हारे लिए सम्मान उतना ही बढ़ जाता है। इसमें कोई शक नहीं कि तुम मेरे आस-पास रहती हो तो मुझे एक सुकून मिलता है जैसे मेरे भटकते दिल को उसका साहिल मिल गया हो..... लेकिन अब शायद मैं तुम्हारे सामने अपने जज़्बातों को काबू करने में नाकाम हूँ और ये सोच भी नहीं सकता कि मेरी वजह से तुम्हें कोई चोट पहुँचे, इसलिए शायद अब और यहाँ नहीं रह सकता। पर मैं अपनी आस्था को परेशानियों से जूझता हुआ भी नहीं देख सकता।

बहुत दिनों से इस बारे में मैं सोच रहा था और सोचा था कि सही समय आने पर तुमसे बात करूँगा। पर लगता है यही सही समय है....मैं चाहता हूँ क्राफ्ट गैलरी के साथ मिलकर तुम अपनी रूचि को व्यवसाय का रूप दो। इस बारे में मैंने अंकल से भी बात की हुई है बस तुम्हारी हाँ का ही इंतजार है उनको। और मुझे खुशी होगी अगर इस नए सफर की शुरुआत तुम इस घर से ही करो। मैं जानता हूँ तुम्हें किसी से एहसान लेने की आदत नहीं, लेकिन ये कोई एहसान नहीं ख्वाहिश है मेरी। अगर वास्तव में तुमने कभी अपनी जिंदगी में मुझे अपनी दोस्ती के लायक समझा हो तो मेरे इस अनुरोध को मना मत करना। आस्था एक कदम अपने सपनों की ओर बड़ाओगी तो मंजिल खुद व खुद पास आने लगेगी।

चाहे मैं तुमसे कितना भी दूर रहूँ..... पर जिंदगी की हर कठिनाई में तुम मुझे अपने साथ पाओगी। बस यही चाहता हूँ तुम जहाँ रहो, जिसके साथ भी रहो बस खुश रहो।

— अविनाश

उस चिट्ठी के साथ अविनाश ने इस घर के कागज़ भी मेरे लिए वहाँ छोड़े थे। उन कागज़ों को पकड़ते हुए मेरे हाथ काँप रहे थे।

एक अनजान दर्द से मेरी रूह तक आज तड़प रही थी। उस चिट्ठी को सीने से लगाए चुपचाप रो रही थी।

बार-बार अविनाश के शब्दों को उस चिट्ठी में पढ़कर मेरे आँसू थम नहीं रहे थे। दिल में उठते दर्द को सह नहीं पा रही थी। अविनाश के निःस्वार्थ प्यार के आगे मैं खुद को बहुत छोटा महसूस कर रही थी। आखिर कोई किसी से इतनी मोहब्बत कैसे कर सकता है.....कुछ समझ नहीं पा रही थी। उसके इस गहरे प्यार ने मेरी असुरक्षा की दीवार को धराशायी कर दिया था। अब और मैं हम दोनों को इस आग में झुलसते नहीं देख सकती थी। अपने आँसूओं को पौंछते हुए मैंने ठान लिया कि अविनाश को अब मैं फिरसे नहीं खोना चाहती ।

यहाँ अविनाश के हॉस्पिटल में मैंने फोन किया तो उन्होंने बताया कि अविनाश पुणे में एक सेमिनार में शामिल होने गए हैं और अगले हफ्ते वो वहीं से अमेरिका वापिस चले जायेंगे। ये सुनकर मैं स्तब्ध रह गई। एक पल को मानो साँसे थम गई। वो अमेरिका वापिस जा रहा है....? सब सोच-विचार मेरा रुक सा गया और कहीं न कहीं मुझे ऐसा एहसास हो रहा था कि यदि अब अविनाश चला गया तो शायद मैं उससे फिर कभी नहीं मिल पाऊँगी।

उसका प्यार और उसको खोने का ही डर था जो अगले दिन मुझे पुणे ले आया। जिस हॉस्पिटल में उसकी सेमिनार चल रही थी मैं वहाँ पहुँची। मैंने वहाँ अविनाश की दोस्त कहकर अपना परिचय दिया तो उन्होंने मुझे उसके केबिन में बैठकर इंतजार करने को कहा। एक गिलास जूस हाथ में लिए करीब आधा घंटा मैं वहाँ इंतजार करती रही पर अविनाश

अभी तक नहीं आया था। जैसे-जैसे समय बीत रहा था दिल एक अजीब सी बेचैनी से घिरता जा रहा था। ढेरों सवाल मन में गूँज रहे थे जिसका जवाब बस अविनाश ही दे सकता था। शायद मैं अपने विचारों में इतना खो गई थी कि जब सामने मेज पर रखे फोन की घंटी अचानक से बजी तो मेरे हाथ से वो जूस का गिलास नीचे गिर गया। फोन की घंटी की आवाज सुनकर एक स्टाफ मेम्बर जल्दी से अंदर आई और टूटे गिलास और फैले जूस को देखकर वो भी घबरा गई। मैंने अपनी गलती पर उससे माफी माँगते हुए फटाफट से सामने रखे टिश्यू होल्डर से कुछ टिश्यू लिये और मेज और जमीन पर फैले जूस को पौंछने लगी। किसी के आए कदमों की आहट को मैं सुन सकती थी लेकिन अपनी घबराहट और उस जूस को पौंछने में इतनी व्यस्त थी कि मैं पहचान नहीं सकी कि वो कौन है जब तक कि उसने मेरा नाम न लिया।

" आस्था...? " उसकी आवाज को मैं बिन देखे भी पहचान सकती थी क्योंकि वो मेरा अविनाश था।

अपनी नज़रों को ऊपर उठाते हुए मैंने उसकी ओर देखा जो मुझे वहाँ देखकर हैरान था। और जब उसकी निगाहें मेरे जूस से सने हाथों पर गईं तो फ़ौरन वो मेरे पास आया।

उसने पलटकर उस स्टाफ मेम्बर से कहा, " किसी को भेजो ये सब साफ करने के लिए। " और वो मुझे जमीन से उठाने लगा।

कोई कब आया और कब सब साफ करके चला गया मुझे इसका एहसास नहीं क्योंकि मेरी नज़रें सिर्फ अविनाश को ही देख रही थी जो मेरी चिंता में मेरे हाथों को ध्यान से देख रहा था कि कोई टूटा काँच का टुकड़ा तो नहीं चुभ गया उनमें और फिर अपनी जेब से अपना सफेद रूमाल निकालकर मेरे उन गीले चिपचिपे हाथों को पौंछ रहा था। मेरे लिए उसके असीमित प्यार को देखकर मेरी आँखों से अपने आप आँसू गिरने लगे।

आखिर कैसे वो मुझसे इतना प्यार कर सकता था ?

मेरे गिरते आँसुओं को देखकर उसके चेहरे पर चिंता और बढ़ गई। " क्या हुआ आस्था..कोई काँच तो नहीं चुभ गया तुम्हें ? " वो घबराकर पूछने लगा और मैंने ना में सिर हिलाया। मुँह से कोई शब्द बाहर ही नहीं आ रहे थे बस आँखों से पानी बहे जा रहा था..बहे जा रहा था।

वो मुझे थोड़ी देर खामोशी से देखता रहा।

एक बार फिर मेज पर रखा फोन बजने लगा जिसने कमरे में फैली खामोशी को तोड़ा। उसने मुझसे नज़रें हटाते हुए एक हाथ से फोन का एक बटन दबाया और स्पीकर पर बोला, " अभी किसी को अंदर मत भेजना। मैं खुद फोन करके बताता हूँ। "

" ओके, डॉक्टर कश्यप । " और फिर उसने फोन काट दिया।

वो मुझे बेसिन के पास ले गया और मेरे हाथों को धुलाने लगा। पर वो खामोश था और उसकी ये खामोशी बहुत गहरी थी ....उसने उस सवाल के अलावा अबतक कुछ और नहीं कहा था मुझसे।

" तुम अमेरिका वापिस जा रहे हो ? " मैंने ही ये घुटन भरी खामोशी तोड़ी और अपनेआपको सँभालते हुए उससे पूछा।

बिना मेरी ओर देखे उसने अपना सिर हिलाया। " हम्म । " बस ये जवाब देते हुए अब वो तौलिये से मेरे हाथ पोंछने लगा।

मैंने उस तौलिये को कोने में रखते हुए अविनाश को अपनी तरफ देखने के लिए मजबूर किया। " क्यूँ कर रहे हो ये अविनाश तुम... क्यूँ मुझसे दूर जा रहे हो तुम ...जिससे प्यार करते हो उसको छोड़कर क्यूँ जाना चाहते हो, जवाब दो ....क्यूँ मुझसे इतना प्यार करते हो अविनाश तुम...आखिर

क्यूँ ? " मैं उसकी शर्ट पकड़े, अपनी बहती आँखों के साथ उससे ये सब पूछ रही थी और वो अभी भी खामोश था।... " केवल तुम ही नहीं.. मैं भी तुमसे बहुत प्यार करती हूँ अविनाश..न जाने कबसे शायद बता भी न पाऊँ। तुमने मुझसे वादा किया था तुम मेरा साथ कभी नहीं छोड़ोगे। अगर तुम इस बार मुझे छोड़कर चले गए तो अब मैं जी नहीं पाऊँगी अविनाश। " ये कहते हुए मैं उसके सीने से चिपककर रोने लगी। शायद ये पहली बार था जब खुलकर मैं अपनी भावनाओं को अविनाश के सामने रख रही थी।

एक पल को मानो अविनाश स्तब्ध था। फिर कुछ देर बाद उसने अपने सीने से मुझे थोड़ा दूर किया और अब मेरी आँखों से अपनी आँखों को मिलाये हैरानी से मुझे देखने लगा। " आस्था, क्या जो भी अभी तुमने कहा क्या वो सच है ? ..क्या तुम भी मुझसे ...? " एक अविश्वास के साथ बड़ी ही संजीदगी से वो मुझसे पूछ रहा था मानो उसे अपने कानों पर भरोसा न हो।

समझ सकती थी उसकी भावनाओं को मैं — एक लड़की जिसने हर बार उसका दिल तोड़ा हो और आज अचानक से वो आकर ये सब कहे तो उसका हैरान होना जायज़ था।....पर मेरा प्यार सच्चा था और मेरे मुँह से निकला हर शब्द भी।

गीली आँखों और दिल में भरे जज़्बातों के साथ मैंने हामी में सिर हिलाया। " हाँ, जो भी तुमने सुना सब सच है अविनाश। मैं भी तुमसे उतना ही प्यार करती हूँ जितना कि तुम मुझसे। "

बस मेरा इतना कहना ही काफी था कि एक बड़ी सी मुस्कान और भावुक होती आँखों के साथ उसने मुझे अपने सीने से लगा लिया। " तुम नहीं जानती आस्था आज तुमने कितनी बड़ी खुशी मुझे दी है। ये सुनने के लिए न जाने कितने सालों से मैं बेताब था। "

" वादा करो तुम मुझे छोड़कर फिर कभी नहीं जाओगे। " उसकी बाहों में समाए और अपनी गर्दन को उठाए उसकी आँखों को देखते हुए मैंने उससे कहा।

वो मुस्कुराया और मेरे चेहरे को अपने हाथों में लेते हुए मेरे माथे को चूमा। " मुझे ही पता है तुमसे दूर रहकर कैसे मैं जी पाया हूँ। फिरसे उस आग में नहीं तड़पना चाहता। ....मेरा तुमसे वादा है कि तुम इस अविनाश को अगर अब चाहो भी कभी अपने से दूर नहीं कर सकोगी। "

और मैं नम आँखों से एक मुस्कान लिए वापिस से उसकी बाहों में समा गई ।

6

अंतिम भाग

एक बड़ी सी मुस्कान लिए अपने और अविनाश के लिए आज मैं कॉफी बना रही थी। आज मन बहुत खुश था क्योंकि कल ही मैंने समयसीमा से पहले ही अपने सारे आर्डर पूरे कर दिए थे तो आज बिना किसी टेंशन के राहत से भरा दिन था मेरे लिए और आज अविनाश ने भी छुट्टी ली हुई थी, जिससे याद आया कि वो बाहर मेरा बेसब्री से इंतजार कर रहा होगा।

एक ट्रे में मैंने वो दोनों कप कॉफ़ी के रखे और बाहर चल दी।

अविनाश और मेरी शादी को अब पाँच साल हो चुके थे और हमारी तीन साल की एक छोटी बेटी भी है नित्या जो कि अभी आराम से सो रही है। पाँच साल कैसे बीत गए पता ही नहीं चला.... पर इन पाँच सालों में बहुत कुछ बदला। राहुल की इंजीनियरिंग पूरी होकर उसकी नोएडा में एक अच्छी कंपनी में नौकरी लग गई और पूजा की भी बी.एड. खत्म होते ही एक स्कूल में नौकरी लग गई थी लेकिन उसकी शादी के बाद अब वो सरकारी नौकरी की तलाश कर रही है। इसी बीच माँ की बीमारी भी नियंत्रण से बाहर होती जा रही थी जिसके कारण तीन साल पहले पापा की तरह वो भी हम सब को छोड़कर चली गईं।.... बस अब उनकी यादें और उनका आशीर्वाद ही है हमारे पास।

अविनाश और मैं शादी के एक साल बाद अहमदाबाद आकर शिफ्ट हो गए और तबसे अब हम यहीं हैं। वो एक बड़े हॉस्पिटल में अभी कार्यरत हैं और साथ ही सेवाश्रम से जुड़े हॉस्पिटल में भी अपनी सेवा देते रहते हैं। मैंने भी अविनाश के कहने पर अपने क्राफ्ट गैलरी के व्यवसाय को बैंगलोर के अलावा यहाँ पर भी एक छोटे स्तर पर विकसित किया जिसका क्षेत्र अब सबके सहयोग से धीरे-धीरे बड़ता ही जा रहा है। ....और मेरी इस कामयाबी का श्रेय मैं सिर्फ अविनाश को ही देती हूँ जिसकी बदौलत मैं फिरसे एक सपना देख पाई और जिसके ही साथ और प्यार ने उन सपनों को पूरा करने की हिम्मत भी दी। अगर वो मेरी जिंदगी में उम्मीद बनकर वापिस नहीं आता तो शायद आज भी मेरी जिंदगी उसी कश्मकश और उन्हीं संघर्षों के बीच घिरी रहती।

इसलिए आज अविनाश केवल मेरा जीवनसाथी ही नहीं बल्कि मेरा प्यार, मेरा दोस्त, मेरा गर्व, मेरी मंजिल, मेरी उम्मीद और मेरा गुरु भी है।... उसके और नित्या के बिना जिंदगी की मैं अब कल्पना भी नहीं कर सकती।

पता नहीं पुरानी यादों में खोये-खोये कब मैं दरवाजे से बाहर निकल आँगन में आ गयी थी जहाँ झूले पर बैठा अविनाश हाथों में सुबह का अखबार लिए इस हल्की-हल्की बारिश का आनन्द ले रहा था। मैं उसके पास गई तो अखबार को उसने एक कोने में रखते हुए और मुझे अपनी वही सुंदर सी मुस्कान देते हुए ट्रे से अपना कॉफी का कप उठाया। मैंने ट्रे को कोने में मेज पर रखा और अपना कप हाथ में लिया। अविनाश ने मेरा हाथ पकड़ते हुए मुझे अपने पास बगल में झूले पर बिठाया।

" नित्या अभी भी सो रही है ? " उसने मुझसे पूछा।

एक पिता का अपनी बेटी के लिए स्नेह इतना था कि अगर जिस दिन छुट्टी हो तो वो एक पल भी उसे अपने से दूर न रखे। पर आज इस बारिश

ने मौसम को इस कदर सुहाना कर दिया था कि पापा की परी आज चैन से अपनी सुकून भरी नींद पूरी कर रही थी।

मैं मुस्कुराई, " हाँ, आज मौसम ही कुछ ऐसा है। तुम अपनी कॉफी पियो वो जल्द ही उठ जाएगी। " मैंने उसे तसल्ली दी।

वो भी ये सुन मुस्कुरा दिया और एक घूँट अपनी कॉफी का लिया। अपनी हाथ की उंगलियों को मेरी उँगलियों के बीच मिलाते हुए उसने कहा, " तुम दोनों मेरी जिंदगी हो। ...पता नहीं आस्था तुम्हें ये सुनकर अच्छा लगे या बुरा लेकिन मैंने अपनी जिंदगी का एक ही सबसे अच्छा काम किया था तब तुमसे दोस्ती करने के लिए वो शर्त लगाने का.... अगर वो शर्त न लगाता तो शायद आज तुम मेरे साथ न होती। "

उसकी बात सुन एक हल्की मुस्कान मेरे चेहरे पर आ गई। " हाँ, सही कहा। नहीं तो उस जिद्दी, घमंडी और अपने पैसों के गुमान से भरे लड़के से मैं तो कभी दोस्ती नहीं करती। " अविनाश को छेड़ते हुए और एक कॉफी की चुस्की लेते हुए मैंने उससे कहा।

उसने भी अपनी दोनों भौहों को ऊपर करते हुए मुझे देखा, " अच्छा जी। पर फिर भी तुमने दोस्ती की थी उस जिद्दी, घमंडी और क्या कहा था तुमने....हाँ, पैसों के गुमान से भरे लड़के से। इसका मतलब तुम पहले से मुझे पसंद करती थी। "

उसकी बचकानी बात पर मैंने अपना सिर हिलाते हुए कहा, "कुछ भी ।... वो तो तुम इतने पीछे पड़ गए थे मेरे तो मुझे हाँ करनी पड़ी । "

वो मुझे देख हँस पड़ा, " अब तुम कुछ भी कहो आस्था।.... तुम्हारा पता नहीं पर मैं तो तभी समझ गया था कि यही लड़की आगे चलकर मेरी बीवी बनेगी और एक दिन किसी झूले में बैठी मेरे साथ कॉफी और इस बारिश का मजा ले रही होगी। "

मैं भी उसकी बात सुन हँस पड़ी, " क्या बात है अविनाश जी। आप आ गए वापिस अपने उसी पुराने जिद्दी, घमंडी और... हाँ गुमान से भरे अवतार में। "

" क्यूँ तुम्हें उस अविनाश से प्यार नहीं ? " हल्के से मेरे हाथ को अपनी ओर खींचते हुए उसने पूछा।

मुस्कुराते हुए कॉफी का एक घूँट मैंने लिया और निगाह भरकर उसको देखते हुए कहा, " बहुत प्यार है। उस अविनाश से भी ...और इस अविनाश से भी। "

वो भी हल्की मुस्कान लिए एक टक मुझे देख रहा था।

" तुम खुश तो हो मेरे साथ आस्था ? " एक खामोशी भरे पल के बाद उसने हम दोनों के जुड़े हाथों को देखते हुए मुझसे पूछा।

मेरी भी निगाह अब हमारे जुड़े हाथों को देख रही थीं।

मैं मुस्कुराई।

उसके कंधे पर अपना सिर रखकर मैंने कहा, " तुम मेरा घर हो अविनाश। ...जहाँ तुम वहाँ मैं। मेरी जिंदगी की डोर हो तुम ....अगर तुम साथ नहीं तो ये जिंदगी भी नहीं। मेरी जिंदगी बस तुमसे ही। " ये कहते हुए मैंने एक गहरी आह भरी।

उसने प्यार से मेरे सिर को चूमा और हम दोनों हाथों में हाथ लिए अपनी-अपनी कॉफ़ी को पकड़े हुए, एक सुकून भरी खामोशी के साथ इस हल्की-हल्की बारिश को देखने लगे।

****